U0132989

迷恋人间

蓝星人 著

上海人民出版社

目 录

一个"强迫观念症患者"的履历表

每个人都有一张履历表,列出了各项所谓的"成就":在某某中学念了七年书、曾在××年担任篮球队队长、在××年得到某个奖、在什么公司做过三个月的暑期工……

我还有另一张履历表,要是上述那张只有三页的 CV① 是正史,这一张就是《清宫秘史:大内之谜》,是从没有揭露过的秘密。和野史不同的是,上面记载的都是真的,它解释了我怎么遇到某些人、怎么因为他们得到某些成就、后来又怎样滑铁卢,它记载着我们 obsessives 真正的青春,那些动人心弦但从来没有在电视上的青春偶像剧中出现过的情景。

这张履历表里,最重要的四项暂时是:

一、篮球队长(1996—1998)

二、明星(1998—　　)

三、足球赛(2002—　　)

四、Mrs. Special(2000—2003)

欲知详情,请翻下去。

我在英国作家 Nick Hornby 的《爱球如命》中第一次遇上 obsessive 这个字,obsessive 在字典里的名词解释是"强迫观念症患者",从非医学角度来说,什么人都可以被称为"强迫观念症患者"——不停购物的、不停吃的、不停梳头的、不停上厕所的……幸好,我只不过是迷恋一些"正常人"也能理解我为何迷恋的人和物:师姐、明星、足球队、电视剧……

是基因出错吗? 还是性格缺陷? 我本来不明白作为一个"强迫观念症患者"有什么好处,直到某一年某一天,一向幸运的我遇上了一点挫折。

---

① 英文词汇 Curriculum Vitae 的简写,意为"履历、简历"。

当我被拒绝时，我想起了那些时刻；当我觉得自己也许永远也无法达成梦想时，我想起了那些时刻；当倒霉的一天又开始时，我想起了那些时刻：亲手为某人弄巧克力，那人一边说好吃，一边取笑我的作品样子丑陋；为了见一个 DJ，巴巴地去参加 DJ 选拔赛；看一出电视剧时感动得哭了，在半年内翻看了三次，把笔记簿改装成它的画册，还开始梦想写一个同样精彩的故事；千里迢迢地跑到异乡，在球场边缘亲眼看着英格兰国家队队长练习"顶头锤"……

每一件事都叫我觉得死而无憾，既然接下来的日子都是bonus①，就不用那么计较了。

也许，麻木才是地狱。

你和我身边都有这样的人：

她没有喜欢过任何人，不会为任何一本书、一出戏、一个明星疯狂，从小她便很清楚自己想要什么，不会浪费宝贵的精神和时间。她的目标是考进某一个学系，出人头地，可惜后来阴差阳错地错失了机会。她觉得失去了一切。

他天天辛勤地工作十小时，休假时唯一的活动是躲在家里，看完报纸便睡。从前他是校刊的主编，梦想是环游世界。现在他不想做任何事了，永恒地疲乏，紧皱着的眉头从不放松。

我们明明可以对很多事更加投入的。我们活在这样的世界里：要是不把大部分的精力花在向上爬，而是在感情和兴趣上，每个人都会质疑你："乜你咁癫……（你也太疯狂了吧！）"

即使我没有参与什么公司的上市计划，但这个世上多了一个快乐的人，还算不错吧。

希望大家也能找到一种兴趣，或者一个人、一件事，会让别人觉得你和我都是从疯人院跑出来的。希望大家也过得快快乐乐。

---

① bonus：中文意为"奖金、红利"，此处意为"一种恩赐或奖赏"。

篮球队队长

1996—1998

　　她是有生以来第一个使我神魂颠倒的人。那个年头，每个人都有疯狂迷恋崇拜的对象，而我挑选这个人，除了因为她有灿烂动人的阳光笑容，还因为在某一次篮球练习后，她在我最需要帮助时向我伸出了援手——帮我结领带。

　　在她还未闯进我的生命前，我的生活是平淡而幸福的，我是那种每天在书本和电视前过活的痴肥儿童，唯一的责任是做功课和温习，唯一的欲望是吃东西和看电视。名校是父母替我选的，我不想得到什么，也不想付出什么。

　　"爱上"了那人后，我终于懂得为自己做点事，不，做各种疯癫的事：我和损友们跟踪她（去吃饭）、送千多元的礼物（当时每个星期只有包吃包交通费的百多元零用钱）、拿着巨大的收音机在校园里播情歌、风雨不改的练习投篮……

　　我第一次知道世上除了三色蒸水蛋外，还有其他值得期待的东西；除了父亲发现数学测验分数时露出的恐怖目光外，原来还有其他值得害怕的东西。这个世界原来很大很大。

　　那一年，我十二岁。

《摘星记》

Unrequitted love.

It's Fantastic,

'cause it never has to change,

it never has to grow up

and it never has to die!

———Vince Tyler, "Queer As Folk" ①

　　世上有很多东西是永远得不到手的,无论那是豪宅、靓车、合约、IQ、天分、金锁匙、权力、地位,还是一个爱人。

　　但迷恋一个人毕竟是美好的,你愿意为他/她死,但不用承受他/她的脾气,永远不用为他/她供楼,因为他/她根本不会和你一起。

　　他/她永远不会改变,即使眼角会长出皱纹,笑容仍是那么甜美,声线仍是那么迷人。

　　你永远不用长大,永远停留在十二岁,那段年少轻狂的日子。

　　迷恋是永远不会死亡的,一代一代,薪火相传……

那个变态的年代

　　"那本东西现在在谁手上啊?"

　　每隔两年,大约是两年吧,总有人问我这样的问题。

　　十年前,那个我乘公共交通工具时还能付小童车资的年代,我和四个中学同学写了一本书,文体是……你当是一本小说吧,不对,因为内容是真的。正确来说,那是一本情书。

　　是的,五个人一起写一本情书,因为我们本来打算把书送给三个形影不离的人,它记载着的正是我们"追"她们时的一点一滴,由学校的篮球场,到附近的麦当劳、寿司店,到湾仔运动场……那是我有生以来最见不得人的历史。

　　那本书一直放在我的家中,和其他见不得光的物件诸如照片、情信、"代人写的情信"(即是朋友为了安慰你,模仿别人对你写的情信)住在一起,但不知为什么,每隔两年,那四个人中总会有人问我拿那本书来重温旧事,先是最多愁善感、天真无邪、热爱怀旧的 E,八年前,她把书交还给我时,脸上露出了

---

　　① 无需回报的这种爱,是最美好的,因为它从不会因为什么而改变,从来不会发生壮大,也从来不会消失不见! ——文斯·泰勒,美国电视剧《同志亦常人》主人公。

满足的笑容(好像还带着泪光),我还不知道她在内页留下了一张密密麻麻的字条。接着,从另一个班房①走过来约众人午膳的翊然看见那本蓝色簿子竟然尖叫起来,差不多感动得热泪盈眶:"又看到它了!"就是这样,那本书在我们手上传来传去,直到每个人都留下一张字条,书又归我。

字条的主题多半是"发现自己当年真系好癫",又庆幸自己这么疯狂过,更庆幸的是最后没有把书送出去,才可以不久之后便拿来缅怀一番。

当年我们把那本书命名为《摘星记》,我跟它平安无事地过了很多年,直到去年庆祝翊然生日的饭局。

尖沙咀海运大厦某间西餐厅里,我们几个二十出头的女孩子正在小声讲大声笑。我常常跟家澄和翊然吃饭、唱卡拉 OK、看电影,其余的人却两年没见了。她们不少已经出来做事了,衣着得体入时,说话时脸上流露着清楚自己会前程锦绣的自信。K 说起男朋友时会甜笑,翊然打开像鞋盒般大的黑色绒毛盒子,向我们展示追求者送给她的礼物——一条银光闪闪的项链和一枝白玫瑰。

我们起哄了一会,又继续吃东西。

E 一边用叉子挑起凯撒沙律里的一块生菜,放进口里,一边问:"那本东西现在在谁手上呀?"

家澄呷了一口白酒,瞥了我一眼:"一定在她手上。"

我点点头。

"哗,而家谂返我地做过嘅乜,真系想撼头埋墙呀!(现在回想起当初我做过的事,真想一头撞死在墙上!)"E 忽然爆出这一句,使我觉得晴天霹雳。老实说,我从来没有为那段日子自豪过,但是,这句话……怎可以出自 E 的口中?!她是我们当中最爱怀旧的人呀!没有可能这么鄙视自己的过去。

"真系丑死怪,好在冇送俾佢地啫。(真是丑死了,还好没给她。)"她继续说下去,其他人也摇头叹息。我眨了眨眼,对 E 说:"你好似大个左喺。(你好像长大了嘛。)"E 自豪地说她真的长大了,成熟了,然后,众人开始讨论学业、工作、衣服、旅行,二十二岁便嫁了的同学、她的婚礼、婚纱、伴娘、老公……和应否到 Häagen-Dazs 吃甜品。

回到家,我拨开那些照片、情信,拿出那本旧而不残的本子——其实我连它本来的用途也不知道:究竟你是一本日记,还是一本笔记簿?可是,无论如何,你也不像她们所说的那么丑陋吧。

---

① 班房:粤语中指"教室"之义。

她们个个生活得幸福美满，像一早已把前尘旧事遗忘得一干二净，但是我从没有遗忘记载在你身上的事，虽然，回看那段日子，也真的难为情得想一头钻进地洞去。

　　今天，我决定为历史翻案。

我第一个迷恋的人

　　我第一个迷恋的人是篮球队队长 Zarah。

　　我对 Zarah 的第一个印象是：哗，这人真的很像李丽珊，到底是不是那么像呢？其实无从稽考，因为我差不多已忘了她的样子。不过大家可以想像，她不是万人迷的类型。多年以后，当我变成切尔西队长特里的疯狂拥趸后，才发现也许因为从小缺乏领导才能，"队长"这种人对我来说有种神奇的魔力，是永恒的倾慕对象。（最好不只有领导才能，还带着人家看见阁下便会觉得你是群龙之首的那种气质和气势。）贝克汉姆和特里之间我选择了后者，证明我不需要万人迷，我需要英雄，从前就是这样。

　　整个中学生涯中，我没有成为身兼学校风纪和三个学会会长，挂着十个学界金牌的活跃分子，不过课外活动这回事，一样便能纠缠一世。我选择篮球队，只因本身有不错的控球底子——小学时做完功课后，只会坐着吃零食、看电视，于是母亲把我赶到楼下的篮球场，希望我做点运动，但我根本不想动，而且篮球场上比我年纪轻的男孩子全都目露凶光，所以多数时间我会到附近的商场、书店溜跶，我到哪里也拍着那个皮球，过马路，走斜路，如入无人之境。

　　虽然只会运球，不会投篮，我还是参加了篮球学会的选拔，因为即使到现在为止，我唯一能够驾驭的，也只有那个深咖啡色的皮球。

　　新丁在加入篮球学会后，不过是"会员"，C Grade① 篮球队队员的选拔是半年后的事，这半年里，我们便和高年级的、正式的篮球队队员一起练习。

　　和其他中一生一样，我觉得所有高年级的学生都是高人一等的，技术超群，食盐多过我们拍球，她们也真的不会主动和我们说话，当我们透明一样。于是每次练习时我也乖乖地默不作声，以为这样便能够避过一切灾祸，直到某一天，包括我在内的新丁和比我们年长三、四年的"旧人"混战，当我努力在人丛间找寻空位接球时，忽然听到身旁那人说："不用防守她，她有屁用啊?!"

---

　　①　C 级别。

那一刹，我呆住了。我知道那个"佢"（她）是我。

我忘了那天余下的时间是怎样熬过去的。只记得过了不久便回到更衣室。虽然是秋天，但那天的天气很炎热。我关上厕格①的门，脱下湿透了的球衣，赶快换上了校服(校规规定学生不能穿着校服以外的衣服离开学校)，汗水却仍然把恤衫紧紧黏在皮肤上，不用照镜也知经过两个小时的练习，头发必然乱如杂草。

当时仍有很强的自尊心的我这么想：

这到底成何体统？

为什么我要留在这个地狱般的地方，如丧家之犬般受尽屈辱？

我还发现自己愚蠢地在更换衣服时把校服的领带拆开了，而我是那种被宠坏了、不会自己结领带的小孩。

如果当年 Daniel Powter 已推出了他的成名歌曲"Bay Day"，我也许会在厕格内立刻开启 Mp3 机，一边听着那首歌，一边幻想广告中那个有点书卷气，又带点傻气的男孩会来拯救我。但在现实里，我只有在厕格中大叫："喂，Mary(另一同级学生的名字)，你懂得结领带吗？"Mary 说她不懂。过了一会，我衣衫不整地走出厕格，眼前所见只有那貌似李丽珊的队长。

对她来说，我不算是个陌生人，至少，被选入篮球学会后，我曾经从她手上接过一张关于篮球队练习的通告。但我也不属于她的世界——篮球队中那个人人不分彼此、肝胆相照的"阶层"。

虽然她看来的确很友善……

"可以替我结领带吗？"

想了一会，我把领带递给她，她反复研究着那根深色的布条。我等待着，忽然发现她其实也未换好衣服，还只是穿着底裙，便替我结领带，使我觉得自己强人所难，非常尴尬，当时我的脸极有可能红得像更衣室外的斜阳。她把领带套在我的脖子上，发觉不知怎么办，便把它拿下来，套在自己的脖子上，开始结领带。

这时，有人走进更衣室，我没有转过头去看看她是谁，却听见一把声音说："我还以为是谁，你先穿好衣服才替她结领带啦！"她笑了一笑，没有说什么，继续替我结领带，我认得那声音的主人好像是不久前说我"没有用处"的某人，心中不禁咒骂起来。

最后，她成功完成了这件事，傻气地说："都几靓吖！（还蛮好看！）"接着

---

① 厕格：指更衣室里的厕所小格间。

又补上一句："又好似唔系……(好像不是这样系的吧……)"

她继续换衣服，我也忘了自己有没有说谢谢，赶快收拾包袱，离开学校。残阳如血，我提着重甸甸的书包和球衣、球裤、球鞋走到巴士站，辛辛苦苦挤上一辆已经挤满了人的巴士……嗅着身旁的乘客和自己的汗味，我忽然觉得有点感动：这个世界上，虽然有人不可一世，叫自卑的我更加恐惧，另一方面却有人好心肠得还没穿好衣服，便替一个不太熟悉的人结领带，虽然这不过是一件不能再小的小事，但说句老土话，锦上添花的人多，雪中送炭的人少，我怎么能不感激呢？

虽然自从加入篮球学会后，我和这个队长说过的话不超过三句，也从没和她一起比赛，但我知道，她和那些嘲笑我的人是不同的。

我回想她阳光的笑容，竟觉得有点像天使的微笑。

从此以后，我的人生里很多事也由"怜悯"、"感激"和"感动"开始。最重要的是，这件事使我第一次崇拜一个非明星也不是什么重要人物的人，而因为崇拜这个人，我留下来了。

跟踪

继续说这个故事以前，我必须先介绍我的"战友们"。

林翊然和许家澄是我中一时最要好的朋友。

还没有脱下那副有点土气的眼镜，当年的林翊然还有点文艺青年的气质。在我们结识的第一天，她竟然站在充满废气的大马路上，在我们差点被大货车碾毙的时候问我："你认为人生有什么意义？"过了几个星期后，她的问题变成："你有没帮我留意那个又会打球又有型又靓的 captain 姐姐呀？"她指的是篮球队的另一个队长，整天和 Zarah 出双入对的 Zoe。最好的朋友喜欢了你喜欢的人最好的朋友，也不知是福还是祸……

许家澄又是另一种人，第一次和她对话，是在她拿着麦克风问全班："边个会 join basketball team trial？(有谁会参加校篮球队试试)"后的事。这个样子看来有点嚣张的女孩子和我约好一起参加篮球队队员招募，却临阵退缩。当时她已陪我走到篮球场了，看了看排队跑篮的学生，等了一会，忽然说没有兴趣参加。后来，她跟我解释，她不是真的想加入篮球队，只不过以为"某某人"会去篮球队选拔才去，那人却没有出现。许家澄做什么也比我们高一个层次，仿佛早已洞悉万事，知道谁会在哪儿出现，也知道做什么事会有怎么样的后果。而且，当我们吃饭还只会点"鱼蛋河"时，她已经懂得叫"鱼饺河加腩汁走青"(鱼饺河粉加牛腩汁不放青菜)……

　　介绍完这两个怪人，无可避免地，也要谈谈我们的母校，没有那种环境，没有那个更衣室、那个球场、那一群从小到大循规蹈矩但突然"出轨"的无知少女，不会发生以后那些事。

　　1996年9月1日，我踏进一间很多人梦寐以求的中学。事实上，它的外表比很多名校要差一点，没有绿油油的大草地，没有渗着阵阵古意的褐色砖头，位处最繁忙的交通黑点，飞扬的尘土替本来已欠缺色彩的校舍和围墙蒙上一层灰，大门也有点像监狱的闸。

　　我来自一间堂堂正正的中文小学，命运偏偏荒谬地把我放在一间光明正大以"鸡肠"①为荣的英文学校里，在那间学校的小学学生津津有味地阅读《魔戒》原著时，我在狼吞虎咽金庸的《天龙八部》。我的英文会话程度几乎等于零，母亲竟告诉我那里的老师要求学生以英语和她们对话。"要是我上课时肚子痛呢？我不知道'肚子痛'的英文是什么！"我非常担忧。"stomachache啰！""要是他们不明白我的广东话发音呢？"觉得在那里念书是一件惨痛的事：不懂说"stomachache"而客死异乡不要紧，更糟糕的是被迫和结义兄弟们各散东西（因为太沉迷武侠小说，我曾经请要好的男同学跟我义结金兰），还要离开我一直暗恋的小学同班男同学。

　　另一方面，我有一种偏见——能够考进这种名校的女孩子多半是知书识礼的闷蛋，只会读书的机械人，我注定被这群模范女生折磨而死。对我来说，人和机械人的最大分别，是人类会对某些"课外知识"有一种热情，人类除了读书以外，应该还会关心别的人和事。出乎意料地，我的新同学们竟符合这个标准，燃起她们内心某股热情的却不是明星、衣服、动画、模型、万变卡、邻家的男孩……而是一些高年级的学生。

　　那些人都身居要职，不是社长、拉拉队队长，便是sports team队长。人生路不熟的form one女②迷上愿意协助她们、又有点台型的大姐姐，也许是平常不过的事，但我就是没有经历过那种同学们称之为"crush"③的东西。

　　直到"打呔（系领带）"事件发生。

　　第二天，我向家澄报告那件事，我知道她一定对这种事情感兴趣的。果然，她的反应很大："如果有senior girl肯同我打呔，我死咗佢都愿啰！（如果

---

　　①　英文写起来通常是细细的一长串，以前中国人不识英文，觉得英文看上去好似"鸡肠"，故称英文为"鸡肠文"，并在粤语俗语中保留下来。

　　②　form one女：一年级女生。

　　③　crush：有"一时迷恋"之意。

有高年级女生帮我系领带,我死都愿意!)"

哗,这么严重!

在那一刻,我才意识到队长姐姐在我身上做了一件"大事"。不知是鸡先生蛋,还是蛋先生鸡——是这个人对我好,我才开始留意她;还是我先留意她,才觉得她做的每一件事都是好事。在"打呔"事件后的篮球练习里,轻视我的人仍然轻视我,但我看东西的角度完全改变了——我的眼睛只会停留在篮球和她身上,我开始觉得自己做的每一个动作,无论是带球过人还是传丢球,是"穿针(投中空心球)"还是吃"波饼(被篮球砸中)",她也在看着。而她的每一个动作,无论是运球、传球、投篮或持球,全部完美无瑕,她和朋友们说笑时笑得极甜美,爽朗的短发被阳光涂上一层金光。梳短发、中性打扮的人在女校多的是,和她们相比,Zarah的样子较女性化,当不上万人迷,却是一股清泉(我觉得)。我简直认为这个世界上除了我以外,没有人懂得欣赏她。

"我终于明白了。"有一天,我对许家澄说。

"什么?"

"我终于明白你们的感觉了。"说这话时我的样子大概有点含羞答答吧。"我也喜欢上一个人了。"

我庆幸自己终于加入了这个大家庭,虽说在小学时也曾暗恋同班男同学,但和那小子并排坐时一点也不会心跳加速,现在只要在远处看见伟大的队长便会立刻脸红起来。也许从前的不过是豆芽梦,这才是真正的初恋——我终于长大了!但看着朋友们高兴得像要替我开香槟庆祝,也不禁有点迷惘:"即系点呀?(这又该怎么办呢?)"接下来我们能够做些什么?

那时候差不多大半班同学都有"偶像",而每个人也知道别人的"偶像"是谁。有一天,一个不大相熟的同学竟向我们耀武扬威:"今天早上我见过Zarah和Zoe!"我马上要求她向我报告准确的时间、人物、地点。根据她提供的资料,第二天早上我们准时在班房外守候,果然看见Zarah和Zoe从远处通往更衣室的走廊走出来。

我们发现她们每天约在七时五十分便会结伴走进校门,回校后会先到球场旁的更衣室,另一个篮球队队员Zack在八时许回校后,也会到更衣室去,三人会在那里逗留约二十分钟,然后利用那边的楼梯走上四楼的班房。

从那时开始,我跟喜欢Zack和Zoe的同学,包括翊然,每天也站在班房前,风雨不改地遥望着那条走廊。没有东西能逃过我的眼睛:10月15日,她迟了五分钟回校;10月20日,她开始穿灰色的冬季校服,看起来英姿勃勃;10月27日,她看来有点不开心;11月1日,从更衣室走出来的只有Zoe和

Zack,她在哪儿呢？11 月 3 日,天气回暖,她又换回夏季校服……

小学时,我的生活围绕着三件事:一、在每一科测验考试中争取一百分,好让自己不会被每天回家都会对着我皱眉头的严父生吞活剥。二、看武侠小说,幻想自己在另一个世界反清复明或对抗金兵。三、吃东西。(基本上,除了恐惧被父亲责骂,或被民族英雄们弄得热血沸腾时,我的脑海中每分每秒都是食物……)不知道是被荷尔蒙影响还是真的"恋爱"了,忽然间,恐惧和欲望的对象完全改变,我不再紧张自己的成绩,不再看武侠小说,为了减肥只吃以前一半分量的东西,为了改进自己的篮球技术,每天在附近的球场练球半小时。我关心的事情变成"她看不看得见我的入球"、"她认不认得我"、下次篮球练习穿什么、小息时应不应该到小卖部"巧遇"她、她的中文名字、她喜欢的卡通人物、她背囊的牌子……

我恐惧的是,终有一天她会发现,这几个以为自己在拍阳光柠檬茶广告的癫婆每分每秒也在她"左近(附近)"。

最初我只能在篮球练习时看见她,后来在不择手段下,差不多每天见她两三次,我知道这是永无止境的追求,我们迟早会做出叫自己后悔的事。

那一天终于来临了。

那是一个平凡的中午,我和家澄、翎然站在学校的黑色大门,准备用"猜拳"的方式决定午餐吃什么。出拳前,我们同时看见"3Z"(当然是 Zarah、Zoe 和 Zack)走出大门。不知谁提议说:"不如跟住佢哋(跟住她们)。"于是我们尾随三人到了学校附近的麦当劳,在她们附近坐下,过程顺利得出奇。第二天,我们跟着她们到寿司店,为了进入所谓的 VIP 区,我们其中一人申请了会员证。第三天,我们和她们"一起"吃上海菜……

要是我在一间男女校念书,也许已经开始和邻班长满暗疮的小男孩拍拖,或在巴士上偷望某个头发有点乱、样子有点像台湾青春剧主角的少年,或坐在篮球场边用倾慕的目光凝视某个俊俏的师兄。在别人正正常常的生活时,我们跟着三个不认识我们的人,走过一个一个的街口,吃遍不同的食肆。

在每一间餐厅中,我们也坐在她们的附近,她们应该早已发现我们了。我心中充满了各种不应该出现的遐想:她们究竟怎样想? 觉得我们讨厌,还是有点好奇怎么有人这么无聊?

她们会不会有一天也对我们生出好感?

无论如何,成为狗仔队容易,堂堂正正地结识一个人却困难。从跟踪她们的一刻开始,我放弃了大大方方认识她们的机会,再也没有回头路了。

神秘人的歌

家澄曾经对我说，要是我们在小学时认识，一定不会成为朋友。当我还在抽"万变卡"、玩龙珠模型、打电脑游戏"三国志英杰传"时，她已经会唱K、化妆、讲粗口。在未进化前，我应该是每个家长也想要的清纯小孩，换句话说，是同龄的人称之为"骑呢(怪胎)"的生物。

我从来不顾身世，和社会脱节，不介意穿缝满了公仔的橡筋裤头牛仔裤，不介意一整天待在家里看《神州奇侠》，然后，忽然有一天，我惊觉身边的同学都在看美国少女杂志"Seventeen"，穿的是 Nike T-shirt、Adidas 波鞋，队长姐姐背的背囊也是有牌子的，叫 Lesportsac。看见这一切，我像在伊甸园吃了一口禁果的亚当发现自己赤身露体般，感到无地自容。

最震撼的新事物是流行曲。

在家澄和翊然把许志安、郑秀文、陈慧琳等人的唱片借给我以前，我唯一认识的"流行曲"是包青天的插曲《新鸳鸯蝴蝶梦》和小学惜别礼合唱的《海阔天空》。我的思想本来停留在北宋，忽然有一天，有人告诉我 Zarah 和 Zoe 在小卖部哼的歌是郑秀文的《值得》、球社的 house song 改编自"That's Why You Go Away"……好一个哀怨缠绵的世界。当然，没有一首歌能够准确无误地表达我们的心情(直到现在，好像也还没有一首述说几个十二岁的 stalkers[1] 的故事)——这一首讲分手，那一首歌讲两个好友之间暧暧昧昧的感情，另一首是惊天地、泣鬼神的山盟海誓，究竟为什么我们能代入那些歌呢？

也许唯一的理由是，它们有一个共通点——歌里大部分的主角都爱得要生要死，而当时我们以为自己也在轰轰烈烈地恋爱了。

"爱情"的概念不是与生俱来的，遗憾地，我在日嘈夜嘈(天天吵架)、好像不斩死对方不甘休的父母身上也看不到和爱情近似的东西，但爱情小说把它描述得如此崇高美丽，连武侠小说里的主角被奸人迫害受伤吐血时也会呼叫爱人的名字，我真的很好奇那是什么东西。如果在小学时享受和某人一起喝维他奶、抽"万变卡"、玩捉迷藏的那种不过是友情，什么才是恋爱？

这天是学校一年一度的卖物会，校园里满布游戏摊位和卖精品、食物的摊档，天气很炎热，我们在各摊位间兜了一圈，便进入礼堂。我有预感她们会

---

① stalker：跟踪者。

在那里的，果然……

台上中六学生们在主持点唱环节，台下那三个人又像平日般形影不离，坐在礼堂的中央谈天说地，已经过了半个小时，看来还没有离开的意欲。当然，我们又是坐在她们不远处的地方。（重读那本不知算是情书还是日记的东西，为了塑造纯情害羞的形象，我竟然写自己是被损友逼迫下才坐在她们附近的——"我无助地垂下头，像监犯般坐下来"，好一个无耻的编剧。）

"我们就这样留在这里吗？"我望望周围喧闹混乱的人群，觉得有点头晕。"……连鬼屋也不玩？"

"你对那些无聊鬼屋的兴趣大一点，还是对你那位队长姐姐的兴趣大一点？"家澄瞪着我。

我班的规矩是每个同学也要负责一项和卖物会有关的工作。我回想自己为了不用把宝贵的时间浪费在主持摊位游戏上，篮球练习后多精疲力竭还要到工厂区抬一百口铁钉回家，制造摊位游戏用的钉版，立刻醒觉：对，这一天我要争取时间见她，一分一秒也不能错失。

因为没事可干，家澄大约用了半个小时来劝我点唱给"队长姐姐"听。"你怕她的同学认得你吗？我替你交点唱纸啰。"

我走到台前那块写满编号的白板面前，呆望着那些没有听过的歌名，家澄建议我点郭富城的《听风的歌》（"这首风中的歌温柔满带爱意，犹如情人讲故事，歌中你我已是一生的相依，而活着是这生意义……"）或古巨基的《第二最爱》（"从前情人好吗，现在幸福吗，还生气吗？谁人替我给你一个家……"）

终于终于，我在点唱纸上填上了一首歌曲。

（不要问我为什么会选择这么"irrelevant"①的歌曲。现在每次唱 K 时我也坚持不唱跟自己的心态及心情不符合的歌，原来是因为以前走得太多冤枉路了。）

可是我依然犹豫不决——该称呼自己作什么呢？要不要随歌奉上什么特别的讯息呢？

这时，司仪对着麦克风清了清喉咙："这首歌是 1C 班神秘人点唱给……"家澄立刻尖叫一声，把我刚刚递给她的点唱纸捏成一团，发狂似的冲出礼堂。不知过了多久，那首歌也播完了，我才在卖雨伞的摊档前找到她。

我从来没有见过这个面红耳热、眼泛泪光、十级亢奋又像无地自容的许

---

① irrelevant：不相关的。

家澄。我认识的她素来神气自若，镇定得近乎嚣张。

"喂，你没有事吧?"我一边微笑一边看着她，觉得这个转变实在太神奇了。

"扩音器的声音这么弱，她会不会听不到那首歌? 她会不会听到那首歌但听不到她的名字? 她会不会猜得出我就是那个神秘人? 她会不会觉得我很变态?"回到礼堂，家澄脸上的红晕还未退，而且满口都是我不懂得回答的问题。

我从她手上抢过那张皱皱的点唱纸，一话不说，填了歌名，便交给处理点唱纸的中六学生。

Zarah 也在念中六，这人很有可能是认识 Zarah 的，但我不管了。我转身看看呆呆坐着、若有所失的家澄，心里明白——大约半小时后我便会像她那么失魂落魄了。Zarah 还在礼堂里，我不想像家澄那样在礼堂里失控，便扯着她在各摊位间游荡。

"去玩鬼屋吧?"脸仍然有点红的家澄竟然提议。

扩音器播出了那首歌时，我们刚好排队排到"鬼屋"门前。进入"鬼屋"前，还让我瞥见墙上贴了一副老掉牙的对联"多情自古空余恨，此恨绵绵无绝期"。

所谓的"鬼屋"不过是我们熟悉的更衣室，天花板垂下红色和白色的布条，为了营造诡秘的气氛，墙上贴上骷髅骨头图画……这里不是海洋公园，不能要求太高。走了几步，如我们所料，一只"僵尸"从布条后冲出来，拍了拍我们的肩头，一只"怪兽"在前面向我们大喝一声，另一个不知扮什么的人扯了扯我们的校裙。我除了有点害怕这些物体会搞乱我 gel 了(打了啫喱水)的头发外，一点恐惧的感觉也没有。

不，其实我很害怕，因为心中有鬼。

扩音器的声音这么弱，她会不会听不到那首歌? 她会不会听到那首歌但听不到她的名字? 她会不会猜得出我就是那个神秘人? 她会不会觉得我很变态?

要是她早知道她好心帮助的 form one 仔会变成她的疯狂粉丝，如果让她重新选择，当初她还会不会那么乐于助人? 我们这一群见不得光的幽灵，是否比任何鬼怪也可怕?

原来每个人在偷偷为"某某人"做了一件事时，心里想的都是那几个问题。

没有事情比面对自己更阴森恐怖，最诡秘的是，抚心自问，其实我很想她知道点唱的人是谁，其实我很想她联想到那个在篮球练习时永远垂着头、沉默而专注的 form one 仔，要是她还未发现的话，我甚至想她知道每天清晨、小息、中午、放学也有人在暗角偷望她。

或许，我一直在期待着有什么发生：说一句话、搭一巴、做个朋友、送我进精神病院也好。

我不想继续做神秘人了。

那天回家时我竟发觉自己忘了带门匙，想买东西吃，又发现在点唱时用光了钱。我一边忍受着肚子饿，一边不停地想着那些问题，天地悠悠，真的很久没试过这么"折堕"了。更糟糕的是，我还是搞不清楚自己有没有做错事，喜欢一个人，乖乖地站在远处偷看便好了，为什么要跟踪人家？为什么要点唱？为什么想别人知道自己的身份？我四个月前才小学毕业，还未被选入篮球队；那个人比我年长五年，考过会考，是篮球队的队长，围在她身边的人正是那些鄙视我球技差劲的人，即使让我听见她和朋友聊天的内容，我搭得上嘴吗？未认识这个人前，我以为"我们是两个世界的人"不过是一句浪漫的口号，像那些老土小说、电影中的男女角一般，说完便可来一个温馨缠绵的拥抱了。

原来不是的，把我和这个人分隔开的，岂止是一个队长臂章那么简单。

很不幸地，在往后的日子里，我还是继续爱上那些在"另一个世界"的人，于是每次也会想起队长姐姐，每次也会告诉自己"别这么傻啦"，每次照样泥足深陷。

四个小时后，父母才带着门匙回家，我冲进睡房，大字形地躺在床上，仿佛无缘无故的，哭了。

除了凶神恶煞的父亲外，我从来没有试过为别人哭。

从那一刻起，我是个有血有肉的人了。

我以为点歌给自己喜欢的人听这种傻事是可一不可再的，没想到两个礼拜后的一天，我居然站在班房外，拿着一部收音机，像电影中站在女朋友家楼下弹吉他的怪物，向着队长姐姐播放许志安的《唯独你是不可取替》。

英国文学课老师要求我们用话剧的方式表演《傲慢与偏见》中 Mr. Darcy 与 Elizabeth 在园林中相遇那一幕，我便把家中一部残旧的收音机带回学校作播放配乐之用。戏还未做，那部收音机竟然变成大家的公用 HiFi，七时四十分，家澄回到学校，看见它如获至宝，竟然把自己的私伙郑秀文录音带放进去，把班房变成 K 房。7 时 50 分，她捧着收音机站在班房外，一边等她的"意中人"，一边向每个路人播放郑秀文的情歌。当"3Z"来了，我们理所当然地向她们播歌，刚巧那时候播出来的歌是《唯独你是不可取替》。

在那次之前，其实我从来没有听过那一首歌，但当我听见那埋藏着终身承诺的歌词时，又爱上那首歌了。

不认还需认，"做傻事"是非常好玩的。到现在我还未弄清楚，当年那些疯狂事迹背后，贪玩还是爱慕的成分居多。

留在我们记忆里的，只剩下一首一首爱得要生要死的流行曲……

出卖

1996 年 1 月某日，我和家澄没有参与早会，我们静悄悄地坐在班房外，看着灰濛濛的天空。

"喂，你没有事吧？"家澄忧心地看着我。

我本来真的能够装作若无其事的，但不知为何，听了这个问题，反而呜咽起来。

"不要这样吧……唉……唉……我不知应该说什么……"家澄拍拍我的肩膀。"你会原谅她吗？"

"我想杀了她全家。"我凝视着家澄。"我是认真的。为什么她要这样做？"

"她漂亮动人、她温文有礼，很容易便能得到全世界……为什么连这么一点点的东西也要夺去？"

如果我忽然患上失忆症，只能选择记得一件事，我也会选择记着 Zarah 曾替我结领带这个历史性的时刻。

距离"打呔事件"已经三个月了。

迷恋也要靠天时、地利、人和才能滋长，当街上同龄的男孩子满脸暗疮、瘦得剩下一排骨头，像营养不良的惨绿少年的时候，女校的学生被困在城堡中，每天对着某些青靓白净，英姿飒爽的正印文武生①，不立刻泥足深陷也难免有点动心，女校才会出现一群"粉丝"。

不过，我一直觉得自己和那些面目模糊的"粉丝"是不同的，最大的理由正是：Zarah 不是这种万人迷。

不是纯粹被她的外貌吸引，整件事更耐人寻味。十年后的今天，问问朋友们喜欢她们的男朋友什么："家底好？ 英俊？ 幽默风趣？ 温柔？"没有人说

---

① 　正印文武生：粤剧角色名，有反串形式。

得出一个所以然,顶多送上一个暧昧的答案:"对我好啰。"可能明明知道自己喜欢人家什么的,也不愿意想通、说穿。也许大家都心知肚明——感觉这回事,越模糊越过瘾。

另一个把我和"粉丝"们分别出来的因素是:我和 Zarah 有一段独一无二的往事……看见某些胆大包天的"粉丝"肆无忌惮地逗她们的偶像说话时,我的脑袋会灵光一闪:"佢帮你打过呔未(她帮你打过领带吗)?"

那是一段独一无二的回忆,至少我以为是。它证明我们是有过去的、我是特别的。我从来没有想同样的事情也能够发生在别人身上。

某一天,我回到学校,发觉翊然不在班房里,平常这个时候她早已回到学校,和我们一起等"3Z"从更衣室里出来了。家澄像有点难言之隐般替她解释:"她在更衣室换红十字会制服。"我这才记起翊然刚刚加入了学校的红十字小队。不知为何,我很不安,当我还在迟疑着应否到更衣室去时,另一个"追星族"同学 X 冲进班房,像替我很不忿:"你个 Zarah 帮紧翊然打呔?!(你的 Zarah 在帮翊然打领带)"

半分钟后,我亲眼看见三个月前的一幕在同一个地方上演,一排残旧的储物柜前,翊然穿着白色的红十字会制服,队长姐姐手中执着那条围在她颈项上的深蓝色的领带。

有生以来的第一次"捉奸在床"竟然在十二岁发生,我挤不出一丝笑容,喉头竟还能迸出一句"Hello!"

这个人明明是我的朋友,她明明知道对我来说打一条呔比来一个 French kiss 更不能接受。

"她见我们弄了很久,便问我要不要帮忙。"后来翊然这样解释。

"你可以拒绝的。"

"是她先提出的。"

我宁愿是翊然乞求她帮忙,她才愿意帮忙的。

一直以为自己独占着某件珍宝,它却被自己最好的朋友夺去了。

在小学时也常常给人嘲笑是"肥妹",有难过,但那不是这种感觉;这也不是连续几年屈居第二名,讨厌拿第一那个人的感觉……这种感觉像欢天喜地地和一个对你有好感的男孩子吃饭,你的好友也出席,那个男孩子本来差不多开始追求你了,怎知道他第一眼看见你的朋友时便双眼发光,然后他约会的人变成你的好友。

"究竟我有哪一点比不上她?"十二岁才第一次问这个问题,可能已算是幸运了。

成长过程中必上的一课是"出卖"。

我也有出卖过别人:从前我的朋友大多是男孩子,中了武侠小说的毒,我喜欢把他们叫作"兄弟",一个武侠小说迷当然对"情义"有很多幻想——它是崇高的,永远不会改变的。直到有一次考试,我做完了试卷,闷得发慌的时候,一时兴起问坐在邻座的一位"兄弟"拿他的圆珠笔、铅笔来玩,用手表绑起来,做一个外表像计时炸弹般的东西。老师以为我们出猫(作弊),她抓了那位兄弟,却没有发现我才是始作俑者,而我也没有向她"自首",只因为不想让父母知道我又闯祸。在那位兄弟红着眼从教员室走出来时,我一句话也没有说。那一刻,我知道自己是不可靠的,友情是不可靠的,换句话说,没有什么是可靠的。

在小学惜别礼上,我依旧搭着这位兄弟的肩头唱《海阔天空》,可是我知道我们之间的情谊有点不一样了。至少,我对他的感觉有点不一样了,我心里仍背负着那点点的罪疚感,挥之不去。

以上这段过去当然没有在我想杀掉翙然全家的时刻浮现在我的脑袋里。

早会过后,我和翙然大约在 23 个小时 35 分 11 秒后才再展开对话,她继续说对不起,同时继续觉得自己没有做错,我的语气则酸溜溜得像要把整瓶陈年黑醋灌进电话筒里……

一年后,翙然在纪念册上写道:"我知道你心里面始终有一条刺"。

我不知我心里是不是真的还有一条刺,可是我的确还未忘掉打呔事件,而我很喜欢"一条刺"这个文艺的比喻。

直到我完完全全对队长姐姐失去了感觉后,我才彻底地原谅了翙然。

原来,妒忌的力量这么可怕。

原来,爱和恨真的会同时消失……

"Fan 屎"

我仍然扮演着双面人的角色,篮球练习时沉默寡言,行为检点,目光也只放在篮球上,偶尔和在篮球场附近徘徊的翙然和家澄打个眼色。在篮球练习以外的时间则是这样过的:到五楼上音乐课前故意兜路经过四楼(她们上课的地方);社制篮球比赛时天天捧场(因为篮球队人力资源有限,她不是球员,便是裁判或观众);在麦当劳背对着她们,透过镜子看她们的食相(有一次让她们发现了我们,很快调位了)、在歌唱比赛时用摄录机 zoom-in 拍下人家的大头片段……

感情上，我希望"3Z"对我们有好感，理智上，其实我早已意识到我们的行径是可怕非常的。

奇怪的是，她们仿佛习惯了我们的存在，没有刻意闪避，送给她们的礼物照单全收。纵容等于鼓励，首先是翊然蠢蠢欲动，希望向 Zoe 表达她的感觉，结果我们策划了一个"翊然表白记"。某次篮球练习时，我一边运球，一边瞥向场边，家澄和另一位战友待篮球从 Zoe 脚下滚到她们跟前，她弯下身拿球之际，对她说了几句话，相信是那句我们预先设定的台词："林翊然好钟意你呀！"

篮球练习后，我听到家澄说："讲过啦，她好像很开心"时，再也没有办法压抑内心的一团火——"我不想再做神秘人，我不想再做神秘人……"

我的脑海中浮现出 Zoe 灿烂的笑容："其实她会不会对翊然有好感？要是 Zoe 会对翊然有好感……队长姐姐会不会也对我有好感？"不得不承认，当年我们每个人也患有妄想症，至于这个疾病的根源在哪里，是不是学校的食水有问题，就不得而知了。

就当我是饮水饮坏脑吧，有一天，我叫朋友 E 照办煮碗（如法炮制），上演另一幕表白记。

这一次，Zarah 站在小食部的电话旁，一个人拿着话筒。我觉得在这时表白太早了，战友们却坚持这是适当时机。我站在礼堂一旁，利用鸵鸟政策——整理书包，不敢抬头望向那边，心中却计算着……

她该还在说电话。

E 应该走到小食部了。

她该还在说电话。

E 应该走到她身后了。

她该挂线了。

E 该……

我忍不住一瞥，立刻知道：事情不如想像一般。

"有个叫 XXX（我身份证上的全名）的女仔好钟意你，想同你做个朋友，倾下偈，就系咁多（聊聊吗，就酱紫）。"这是台词，我不懂得看看唇语，也信得过 E 一字不漏地说出来了，可是 Zarah 脸上一点笑容也没有，简直可说是神色凝重。

我看着她们继续站在那里，嘴唇继续动，在我的眼中，那两个身影如同虚幻，很不真实。

自懂事以来，我做过很多白日梦，这个跟"队长姐姐做朋友、倾下偈（聊一聊)"的白日梦可能是最甜蜜的一个,它创造了很多奇迹:它叫我每天准时上学、兼且期待上学,甚至害怕八号风球和所有颜色的暴雨警告讯号。它叫我风雨不改地在"街场"(街头篮球场)苦练投篮,使我的球技突飞猛进,虽然和真正的"好球手"仍有一大段距离,但我已不是那个只会被换出场的"鱼腩"新丁。最重要的是,它使我每天挂着笑容,无论遇到大小挫折(包括追不到巴士、下雨时忘记带伞子、默书不及格等),始终觉得上天待我不薄,生存在这个世界上是值得的。

也许正是因为这个白日梦如此美好,在整整一年后,当我从队长姐姐手中接过纪念册,看完了整整七页她对我们的真实感觉时,像被当头淋下一盆冷水,我才回到现实。

其实,就在朋友 E 替我表白时,我早应该从那个梦醒过来了。当年两人谈完后,朋友 E 回来报告:"我问她我们烦不烦。她反问我'烦又怎样,不烦又怎样?'。"

三岁智商的人也应该明白,Zarah 说得出这句,不可能对我有好感,仿佛还有没说出口的下一句:"是不是我说你们烦你们就放过我,你们就不再跟着我呢?"但在那一刻,我选择继续沉迷下去,我甚至能够忍受亲眼目睹 Zarah 在"表白行动"后在更衣室外跟众篮球队队员说话,很明显在报告这一群疯癫的中一生的行为……我走到篮球场,拿起篮球,瞄准篮筐投篮,取篮板球,再瞄准篮筐,投篮。很快,我又忘了一切……直到其他人换好衣服陆续从更衣室走到球场。

其他篮球队员的目光,怎样看也写着"不怀好意"四个字。

一个月后,我和家澄在小食部正要离开,忽然听到背后有人议论纷纷,接着,有人对着我们大叫:"哗,fan 屎呀!"家澄转过头来,对着两个中二学生怒目而视。

"看什么看啊,有胆就别喜欢 Zarah 啰!"中二生竟然兜口兜面对我们说。

家澄立刻礼尚往来,回敬一句:"八婆!"

中二生离开现场后,我告诉家澄我认得她们是篮球队的。

家澄忍不住说:"都是你家的 Zarah 啦,大嘴巴!"

被人知道我是"fan 屎"后,我足足有一个月不敢出现在学校的篮球场里,那是我第一次意识到这个标签多么的难听,这个身份多么低微。最叫我沮丧的是,当时我的确不觉得自己是个"fan 屎",说得动听一点,我不过是个求爱不遂的追求者而已。

当年不少同级同学们因为有别的课外活动,逐渐放弃了篮球队,只剩下我一个仍然很想参与篮球队的练习，但我当然不敢自己一个送羊入虎口。于是，我定了生日那天是我的"篮球回归日"，预先约好一位比较大胆的同级同学一起去，为免她用忘了带衫这藉口临时退缩，特地为她带了另一袋衫。结果，她失约了。

于是，我的十三岁生日是这样过的——独个坐在班房里，抱着两袋球衣，眼泛泪光。

不知从何时开始，每个星期两次准时出现在篮球场上，已不是纯粹为了见队长姐姐。不知从何时开始，我竟然开始享受跟那群人热身、跑篮、打练习赛，打得好时，听见别人称赞一句也会很兴奋，打得差时，我更期待下一次练习时反败为胜。这种感觉，难道就是所谓的"归属感"？

接下来发生的事情不算太有戏剧性：我终于鼓起勇气再参加篮球练习，别人待我的态度也不如想像中恶劣，毕竟大家都是来打球的。和她们相处下来，发现我以为是内心恶毒的人，原来不过有点"寸"，原来她们也有可爱的一面。她们渐渐融入我的生活，练球时我们一起嬉笑玩闹，一起挨骂，练球后一起到附近的餐厅喝珍珠奶茶，眉飞色舞地谈着："刚才甲的中距离投篮很准！""乙跑得很快！"尽管我们都知道无论在练习时多厉害，我们在真正比赛时通常做不到什么……

迷恋也许比一段双向的关系长久，但很多东西比迷恋更长久。

结局是，我居然在篮球队待了七年，我经历过八场比赛只赢一场的悲惨日子，后来还看着球队从 Division One 降级到 Division Two。

不变的是，我仍然喜欢那种和别人共同进退的感觉，中学毕业后，我做过的事情几乎都是"单打"的：迷恋、读书、找工作，当中有胜有败，偶尔也会怀念那种曾给我很大挫败感，害得我鸡毛鸭血(不得安宁)的群体运动……

礼物

一生人里做过最后悔的事情是什么？

这是一个很愚蠢的问题，每次听见有人问这样的问题，我也不禁皱皱眉头："痴线！真系咁后悔就唔会话你听啦！(笨啊！真后悔就不会讲给你听啦！)"我们早早把真正叫自己悔疚终身的事锁起来，放在心底最阴暗的角落了，还会拿出来"现世"吗？

那么我为什么要把它拿出来呢？

或许我觉得不把它解封，在整件事的描述上实在有欠公允，像打开一间叫"迷恋"的房子，只让你看里面的水晶灯饰、云石地板、真皮沙发，不告诉你里面有毒蛇猛兽。

早在美国电视剧《越狱》风靡香港，大家有幸一睹靓仔男主角身上那个错综复杂的监狱设计图前，我已经试过把同样复杂的图案放在身上，不幸的是那个不是纹身……

我最后悔的事情，便是把一件蛋糕的图案剜在自己的手臂上。好心的 Zarah 后来在纪念册上说得不错：疤痕这种东西像案底，是一世跟随着你，抹不掉的。最讽刺的是，我竟忘了当初为什么会剜手，记忆中好像和自己在家政课烘的、后来拿去送给 Zarah 的蛋糕有关，真正的原因众说纷纭，我厚着面皮与朋友们尝试推开这扇罗生门，仍得不出一个所以然："是不是她说更喜欢吃曲奇多些呀？""是不是因为她不肯吃你送的蛋糕呀……""是不是又是翊然弄出来的事？""每次都冤枉我是狐狸精！"

忘记了那件事，但忘不了剜手背后的动机：第一个动机是麻醉自己；不想利用痛楚的话，烟和酒也有这个功用，但这些工具的效能全是暂时性的。第二个动机，和自杀时只吞几颗安眠药的动机一样——其实不想死，希望能用伤痕来威胁别人或争取别人的同情和关心。

你没胆吧？怕留疤，哈哈哈！我一生一世爱他/她，怎么会介意这小小的缺陷？把他/她的名字刻在身上，正是爱的凭据！

没错，其实身体上的小缺陷，如脸上的痘印，是慢慢能够习惯的。年月逝去，渐渐不再把它放在心上。

我忘不了的是有人曾经因为我这种自私的行为惊慌、惶恐、担心，这个人偏偏是我绝不愿意伤害的。我忘不了的是亲手把记载着"剜手"这件事情的日记交给家澄，让她把日记转交给 Zarah，一年前我怎能够想像自己会做出那么可怕的事？原来那间关着毒蛇猛兽的房子不是"迷恋"，是人性。

我没有爱她一生一世、甚至未必爱过她已经这么内疚了，要是阁下立定心志爱一个人一生一世，你希望他/她对你最深刻的印象，是你为他/她留下一条或几条一英寸长的疤痕吗？

即使阁下真的很痛恨一个人，苦心孤诣地要他担忧、难过，相信也不会愿意一世背着以下这种传闻：

"X 对我说，有次她 PE 堂忘了带毛巾，回到课室时见你拿着刀子狠狠地割自己的手腕，弄得鲜血狂喷，末了你还问她借胶布。到底是否真有其事？还有据闻你和朋友们很喜欢用刀插大腿……"

大哥啊！有没驱魔人?!

以上这个不是笑话，中学生是最优秀的编剧，在别人编写的传闻里，我们简直像会集体自杀的飞碟教。信我吧，生命没有 take 2①，下次觉得难过、灰心、绝望的时候立刻去睡，睡不着便请亲朋好友用棍子把你击昏，怎样也比剁手好。

Perhaps, Love?

1997 年暑假某一天早上醒来时，我发觉母亲坐在床缘，双眼通红，她身旁放着的那本蓝色的日记簿。

棋差一着，正因为母亲从来没有查看我私人物品的习惯，我怎料得到她在失眠时竟会有兴趣看我的中文作业，又会顺手翻翻旁边那本簿子？

我更想不到她对《摘星记》的反应是痛心疾首，它的内容没错是有点过火（也许是十分过火）……但她其实可以把自己女儿的迷恋历程当作"感情丰富的青少年的必经阶段"（那是我十年后分析得出来和很多人的结论），没有必要哭得那么凄凉。

不过，母亲才不是一个只会哭、什么也不会做的消极妇人，过了不久，当她还发现了我剁手，便替我预约了一个心理医生。

我其实不太介意见心理医生，对一个才不过十二三岁的"小孩"来说，什么事都是新奇无比的。当年我认为，让我见这些心理医生、社工根本就是给我一个向心态开放的成年人自白的机会。别人觉得我们神经病，不过是因为：一、我们和她们都是女孩子；二、她们比我们年长几年。难道没有人明白真爱里不应该有这些考虑？我抱着一个希望：也许这个心理医生会明白我，也许她还会觉得这一切荡气回肠——这是真正的爱情！所以她不用威逼利诱，我便几乎把所有有关"大姐姐"的事也告诉了她。

想不到她会这样辅导我：

"刚才你说你'爱'那个大姐姐，你对她的感觉不只是好感。那么，你认为'爱'、'钟意'和'好感'有分别吗？"

"当然有。"

"它们有什么分别呢？"

我想不到她会跟我讨论这个问题，有点措手不及："当然有……'好感'是最浅的，你觉得某人不错，被她吸引……"我想起其他友善的大姐

---

① take 2：第二次机会。

姐。对,我对她们的感觉是"好感"。"你会多看她几眼,但你不会为她难过,不会挂念她。"

"'钟意'呢?"

"你会为她伤心,会挂念她啰。"

"'爱'和'钟意'又有什么分别?"

我一时语塞。

"我觉得它们是没有分别的。"

"……程度上有分别。"我勉强解释。换句话说,为一个人掉几滴眼泪,是"钟意",多掉几滴眼泪,或嚎啕大哭,便是"爱"了——连自己也觉得这个解释很牵强。

她质疑:"真的有分别吗?"

她不是受雇医治我受伤的心灵吗?怎么如此咄咄逼人?简直像审犯!我几乎想跟她说:"凡夫俗子,我冇必要同你解释!总之 feel 到就 feel 到啦!"

我一直以为这三种感觉是有分别的:我对某些其他高年级同学的感觉是"好感",觉得几靓几型咪望多几眼啰(好靓好有型就多看几眼啰);对小学男同学的是"钟意"。我给她的却是崇高、伟大的爱情,海枯石烂,至死不渝。我不介意长篇大论的解释,只希望说明她不是我的偶像,她是我的女神。

两个小时就这样过去了。

两个小时过去后,心理医生("黄绿"心理医生①?)把我送到接待处,我拿出母亲给我的信封,递给接待处的职员,竟发现信封里装着两张一千元纸币。

两千蚊?!我阿妈花两千蚊请你同我讨论"爱"、"钟意"和"好感"的分别?

那次光顾心理医生的经验实在太震撼了,从此我没有再光顾心理医生,每次念心理学的朋友为前途感到灰心时,我总会用这个例子鼓励她们,终有一天她们会成为富翁……另外,从此我也不敢讲,自己真的"深爱"一个人……

真相

"我们一起度过四十五天,不能说是不幸的了,四十五天有一千零八十个小时,每分钟你都令我心花怒放,认识你是我一生所发生最好的一件事,谢谢你,为我平凡的一生带来光彩。"

---

① 黄绿医生:指水平很低的医生。

回看自己在1997年写的日记，只有这段不会叫我作呕，当然啦，这段是引用自亦舒小说的。

新的学期开始，家澄替我和翊然安排不同的饭局，而 Zarah 和 Zoe 居然应约(是否"欣然赴会"就不得而知，也许她们以为不答应的话，这几个小妹妹便会集体自杀吧。)于是，我们有机会和她们同桌吃饭，谈谈球队的成绩、公开试、附近的食肆、流行曲，不计本人紧张得不敢正视对面的 Zarah，只会瞪着墙上的电视机，气氛还算安详而和谐。可是在其他时候我们始终像陌路人，我和翊然等人始终像"八婆"口中的"死 fan 屎"，只会不断送上书签、糖果等礼物，还胆小得把东西全部交给家澄这个局外人，再由她转交给她们。

跟踪、送礼物、一起吃午饭，仿佛只要目标人物够心软，我们便能够为所欲为，其实我们也背着一个很大的限制——时间，"时日无多"永远是心底最大的恐惧。那时候，Zarah 已经念中七了，她的"last day"①也快要来临了。

我暗暗发誓在她毕业前要做两件事：一、请她替我写纪念册；二、送一份难忘的生日礼物给她。

我本来很喜欢纪念册这东西。

细心留意一下，纪念册的主要功用不是纪念，而是窥探别人的世界。试想想，很多身边人的资料都是在他们填写纪念册时揭露的：原来他喜欢蓝色、原来他和我一样喜欢陈奕迅、原来他住薄扶林、原来从前她觉得我性格孤僻……

纪念册的款式还能分亲疏：可以拆出来的活页式纪念册一般是给交情不深、只会跟你谈谈功课和八卦新闻的猪朋狗友，明知他们对你实在所知不多，当然不会迫他们作一篇论文来纪念大家的友情。另一方面，能够填写那些像日记簿般，没有星座、血型、颜色等项目，只有一页页单行纸的硬皮纪念册，其实是一种荣幸；把这种纪念册交给谁，就是信得过那个人对阁下有充分深刻的印象，不会写一页便要苦思如何用贴纸、公仔印充撑场面。

因此我把"日记簿形式"的纪念册交给 Zarah 时其实十分担心，怕她绞尽脑汁也撑不到第二页，另一方面，更怕的是要面对真相。

"你觉得她会怎么看我呢?"一年多的日子里，我们从来没有停止问这样的问题。家澄一直用来安慰大家的标准答案是："应该……是可爱的妹妹吧。"那是我们一厢情愿相信的答案。

当我发现 Zarah 竟密密麻麻地写满了七页，心里的第一个反应是："完蛋

———————————

① 最后的一天，即毕业离校日。

了。"我很清楚她不会用七页纸来描述我多么可爱、她如何喜欢我送给她的礼物……事实上，我的行为实在比较适合用"可怖"来形容。然而，为什么我那么笨，竟然给她机会说出真相？为什么不让整个故事无疾而终？

我咬着牙、垂着头，如坐电椅般看完了那七页，大意如下：

你好，你是今年第一个请我写纪念册的人。

其实我对你的事情所知不多……

对我来说，篮球队是一个大家庭，大家都是我的好朋友。从我在中一被选入篮球队开始，我一直对所有队员一视同仁，不会对谁特别好。有些队员会打电话给我说心事，我也会耐心地听，但我做得到的只有这么多了。

不要期望我能给你什么。

也许你还小，还未醒觉某些行为只会叫人恐惧和难过。别再伤害自己了，疤痕是一世的，不要做出一些叫你将来会后悔的事。

谢谢你的生日礼物，太贵重了，我本来不想收的，但知道不收的话后果严重。

我离开以后，没有人会对你说这样的话了。努力读书，努力打篮球吧，前面还有很多路要走。

Last Day

1997 年 3 月 12 日，天气很炎热，差不多所有人都换上了夏季校服。铃声响起了，礼堂里的众人如常地打着呵欠，维持着半睡半醒的状态等待早会开始。

台上传来一阵悦耳的音乐，台下的观众睡得更甜了。忽然有人说了一声："有冇搞错！"她兴奋地把她身旁的同学弄醒，她的同学看了看台上的情况，吓得完全醒过来："什么班的……！"

她们眼前的情景的确非比寻常，只见四朵人扮的太阳花和四根人扮的青草并排蹲在台前，随着音乐摇摆。台上其他同学开始做话剧，但台下的同学早已被那几朵花(还是几"个"花?)、几条草分了心，接收不了什么讯息。

母校的传统是每周举行一次由一班同学全权负责的早会，让同学们尝尝自己统筹活动的滋味。每个早会皆有主题，通常有唱诗、读经、话剧几部分，比一般的早会有趣，因此也比一般的早会受欢迎。

负责这次早会的是我班的同学。虽然那八个人的纸制太阳花头套和青草装束不是我造的，很不幸地，她们是因为我的缘故，才落得在几千人面前扮花扮草的下场。

因为我便是这个早会的监制、编剧和导演(还是其中一个演员),身兼多职的我当然没有留意观众的反应,上面那一段对话是我幻想出来的,但现在回想起来,如果当年我是观众之一,反应大概也是"痴线(傻啊)?!""搞乜(什么)呀?!"

都是一首歌惹的祸。

在那时候,我迷上了一首叫《你令爱了不起》的流行曲:

"这个花花世间里,我害怕为谁心醉。太多草草说的爱,然后隔一晚已告吹……然而遇你后,共处后,便不想转身他去……"其余的歌词其实完全和我的心声无关,我对当时喜欢这首歌的唯一解释是,Zarah 快要毕业了,一个人面对喜欢的人离开自己的生活时,伤春悲秋得不得了,什么也会触及痛处,或撩起那些甜蜜的回忆。

神奇的是,每次我听见头两句,只会记住"花花"和"草草",然后脑海中会浮现一个如仙境般的地方,当然,那里有美丽的花朵和翠绿的小草。

老实说,只要交出一个有教育意义的主题,有读经、唱诗的环节,没有人会介意我们在早会玩什么花样。看看校历表,校七生的 last day 刚好在我班负责早会的那一天,于是精神错乱的我下了一个决定:"这次早会是做来 impress 佢嘅(这次早会要办得令她终身难忘)。"我希望把所有我认为美好的东西都放进去……

接下来发生的事,也许大家也猜到了。

一点障碍也没有,我的奸计轻易地得逞了。除了有花有草,我还成功安排弹琴的同学弹出四首流行曲作背景音乐,其中当然包括《你令爱了不起》。

当年的我希望她看见我们的演出、听见那首歌,会知道我的心意(其实已经很很很很明显了),当年的我心中只有那个遥不可及的观众,现在的我心中却全是那些扮花和扮草的同学。到了这一刻,我仍然很想问她们一句:为什么你们会陪我癫?怎么愿意任我胡来?那是早会呀,不是我一个人的 show!

她们愿意"就范",也许只有两个原因:一、当年她们天真地觉得扮花花草草没有什么问题。二、她们完完全全地信任我,剧本上说的便去做。

十年过去,我再没有见过那种荒诞得来有点温馨的经典场面。十二岁的我以为"可一不可再"的是遇上一个 Zarah 般完美无瑕的人,原来真正可一不可再的是那一份纯真和信任。

我还记得 Zarah 生日那天,我因为通宵制作电子贺卡而迟了回校,打开班房门的一刹那,竟见到本来光秃秃的"礼物盒"已披上一层漂亮的花纸——

两个极有美劳天分的好同学已替我把那个本来用来装水果的巨大纸皮箱包得妥妥帖帖，还把放在班房里的礼物放进纸皮箱内，等着我把最后一块拼图——那只载着电子贺卡的磁碟放进去。她们的神情比我还紧张。

友情也许不可靠，但它真的存在过。

每个人也会当他/她是自己那套电视剧/电影/话剧的主角，其余所有人不是大配角，便是只有一、两句对白或完全没话说的"茄哩啡"（跑龙套的）。那两年里的大部分事情也许全都是我自编、自导、自演，回头一看，便发觉剧情很糟、演绎得很难看，要是让我从头再来过的话，免得观众喷饭离场，也许我连这套戏也不拍了。叫我惊讶的是，其他人全部也做得这么称职，她们在我的生命中发出的热和亮，一点也不比 Zarah 逊色。

也许，这不是什么爱的故事，这是个成长的故事。而真正使这个故事了不起的，一定不是我这个只会制造恐怖、血腥、暴力的混蛋编剧。

《摘星记》

我和翊然、家澄等人决定把从 1996 年开始发生的事记录下来，因为真的把它当作一本书，便决定替它改个好名字：

"我想把这本书称作《摘星记》。"

或许在心底深处，我希望她永远也这么高不可攀，永远是那个在大气层外发光发亮的星球。

身旁的模范生告诉我她的志愿是在会考夺取 10A，可是我不稀罕 10A。我想要什么呢？不知道。和大部分人不同，我的小学老师们从来没有叫学生写过"我的志愿"，我从来不知道自己的梦想是什么，直到遇上这个我很想亲近但无法亲近的人。

"接近她"这个目标是真真正正属于我自己的，不是属于父母或任何人的，也非建基在任何人的价值观上。我待这个人好，不是因为人在江湖，身不由己。

只要这个世上还有一颗星星，在我走不动的时候给我向前冲的原动力，是否真的能摘到它并不重要，那颗星是什么其实也不重要。

《摘星记》的最后一章

1997 年 3 月 12 日，我们完成了所有表演，在校长带领下用掌声欢送中七生后,便收拾好台上的工具,开始新的一天。

我和家澄走过那个不知吞噬了我们多少青春的停车场。"你……还好吗?"家澄有点担心地问我。

"不错……"那天的阳光有点刺眼,把每个人的头发也照得闪闪发亮,平时替我们遮阴的几棵大树更是朝气勃勃,我很久没有留意过周围的一切了,竟有点重获新生的感觉。原来即使她要离去,世界仍是这样美好。我知道在她踏出黑色大门后,太阳还是会照耀下去,我和家澄、翊然将继续是好朋友,我们会继续一起吃饭、逛街、听流行曲、伤春悲秋、感怀身世……我刚刚被选入篮球队,前面还有很多场比赛……

这个世界有太多东西比迷恋长久。

Zarah 离开的半年前,我打电话到电台的"烽烟"节目,和 DJ 谈 Zarah 的事谈了半个小时,自那次以后,我便成为那个节目的拥趸了。Zarah last day 的那天晚上,我又扭开收音机,让那个 DJ 给一众痴男怨女的意见陪着我做功课。

也许是从小缺乏安全感,我喜欢不变的东西:不变的场景、不变的人、不变的声音,想不到这个习惯竟导致另一次迷恋。当然,那又是另一个故事了……

后记——十年后

铜锣湾的某间楼上酒吧内,昏暗的灯光下,22 岁的许家澄一边呷着伏特加兑可乐,一边把玩着我的稿件,我看着其中一张纸和桌上燃烧着的烛头仅相距一英寸,连忙大叫:"喂,快要烧着了!"

"从艺术角度来看,我认为你应该替这个故事加一个结局。"家澄若有所思。

"什么结局?"我夺回稿件。

"刚才那出戏也用片尾的字幕交代各人三年后的生活状况呀!"我和家澄刚刚看完一出怪诞的电影节电影。"你也应该谈谈各人多年后的生活吧,例如 Zarah 现在怎么了。"

"我怎么知道?"

"你不是说过上次见她的时候她结婚了吗?"

"不是! 我只是说她看来快要结婚而已。大伙儿约出来打篮球,她携眷出席嘛。话说回来,那次好像也是几年前的事,也许她现在已经结婚了。"我陷入回忆中。"以前我也会想像她结婚后生的女儿是什么模样……"

"恶心!"家澄干了她的伏特加兑可乐,转身对侍应说:"麻烦要一枝 Corona!"

"放过我吧,都是十年前的事了。"

"就是说嘛,迷恋总会过去。"一刹间,家澄的脸上仿佛抹上了一点沧桑。"十年后你也不会这么喜欢 Eason 吧!"(迷恋陈奕迅的故事,详见下文《理想酒店外的快乐时代》。)

"别的事我不敢担保,但陈奕迅嘛,看来我还是会爱下去的。"我把 Corona 瓶口的青柠塞进瓶子里。"话说回来,前几天我在文化中心看《野狼犬》(注:陈奕迅主演的电影,是电影节其中一出参展电影)首映时,看到下面几个拿着'E'字牌的'粉丝'尖叫,抚心自问,我真的喊不出了,那里是文化中心嘛……不过要是我在下层,我还是真的会上前和他握手的。"

"真不知你的脑袋是怎样构造的!"

"我也不知道。喂,酒鬼,结账了好不好?我还要赶回去改错字。"

"这里的光线不错。"家澄把烛台推到我跟前。

"我要赶回去看十二时十五分的球赛。"(迷恋某球队的故事,详见下文《我们的足球赛》。)

过海红色小巴在黑暗中风驰电掣的时候,家澄忽然说出一个八个字的号码,我还以为那是六合彩搅珠(开奖结果),怎知道她竟然问:"我有没有记错?是不是 Zarah 的电话号码?"

我真的忘了。

回家后,我忽然心血来潮,决定面对一件我一直不敢面对的事。

我打开一本由中二保存至今的活页记事簿,取出其中四页,淡蓝色的纸上记载着我和 Zarah 的一段电话对话。我翻看过这本记事簿不知多少次了,因为明知内容一定会叫自己无地自容,每次也不敢看这一段。

按照我们的说话推断,那天该是我的生日:

Zarah:喂!

我:喂!我是 XXX 呀!(身份证上的名字)

Zarah:嗯,怎么了?

我:快要十二点了,能否跟我多说一次生日快乐?!(请留意,是"多说"一次生日快乐,换句话说,当时 Zarah 大概已祝贺过我了。)

Zarah:生日快乐!

我:严肃一点!

Zarah:我已经很严肃的了。

我:说得太快了。

看到这里，我差点又像往日一样，要狠狠盖上记事簿了——天呀，究竟我当自己是什么东西？烧坏脑了吗？

我咬着牙继续看下去，她问我怎样庆祝、收到什么礼物，又说她其实也准备了一份生日礼物，接着是一阵静默。（我把这些"dead air"①也记下来了，四页竟有五个。）这段对话还算正常，直到我忽然说出一句："其实我没有话说，但不想收线。"

十年前，我把这段对话视作珍宝，用当时最流行的 milky pen 完整地笔录下来，连"沉默的空气"也不放过。我完全想像得到当年捧着记事簿甜笑着入睡的情景。十年后，事过境迁，我看见当年死缠烂打、不知廉耻的自己，只会全身打冷战，吓得冷汗直冒。

不记得谁说过这样的说话："记忆虽然消失了，但感觉犹在。"现在刚好相反。

"算了吧，那时候的我应该很快乐，感觉如在云端。"我对自己说。我知道，在那个大家还未懂得难为情，还未醒觉自己有多天真、愚昧、疯狂的年代，那个黑色和白色中间还保留着一大片灰色的好时代，我们曾经玩得很高兴，却害了一些"无辜"的人，终日提心吊胆，不是怕我们自寻短见，便是怕我们由爱变恨，拿着菜刀或香蕉水向她们报复。

但愿这些人从此得到安息。

---

① dead air：静止的空气，文中意指令人窒息的静默时刻。

明星

1998—

我知道感情丰富和缺少桃花运不是崇拜男明星的藉口,但就像万千少女一样,我还是摆脱不了这样的宿命。家父除外,陈奕迅是在下生命中最重要的男人。

我眼中的陈奕迅和别人眼中的陈奕迅是不一样的。第一次遇见他,是在尖沙咀的某个商场中,他是 DJ 选拔赛的评判,我是参赛者,我在那次比赛里的最大收获,便是被这个纯真可爱的年轻歌手彻底地征服。我加入了歌迷会,差不多出席了所有的聚会。在那个世界,我再不是受保护动物,再不是循规蹈矩的乖学生,和其他癫婆拼命地为自己爱的人尖叫时,仿佛抓住了青春。我受幸运之神眷顾,得到从天而降的门券,和志同道合的伙伴建立了一段难忘的友情。后来,我终于等到陈奕迅再次站在我的面前……

我从没有想过故事的下半部会是这样的,一年后,我开始在"现实生活"里发展自己的感情故事,不再迷恋这种虚无飘渺、远在天边的偶像,我没有察觉的是,虽然我完完全全离弃了他,他却没有离弃我,他的歌声依然伴随着我生命里每个重要的时刻,一个不认识我的人竟然成为我最好的朋友。

被人撇下后,我又重新迷恋陈奕迅和其他东西——起码在迷恋的世界里,我不会难过得想跳海。那一年是中五,一个十七岁的人,又回到了十二岁。

理想酒店外的快乐时代

Update Mall

尖沙咀重庆大厦旁有个 Update Mall,现在只剩下零星商铺,售卖没有多少人有兴趣的衣服饰物,是一个被遗忘了的国度,从前那里有较多商店,有美食广场,有很多部贴纸相机。(最近才发现 Update Mall 早已改名作"重庆站"了,岁月果然不等人。)

九年前,在我念中二的时候,每天都会收听一个叫"芝 see 菇 bi,我有个头"的电台"烽烟"节目。早已习惯了那把声音,也觉得那唱片骑师①芝 see 菇 bi"讲嘢几型(讲话超酷)"和精警,因此每晚的九时至十一时,我总会一边做功课,一边听收音机。很明显这不是《千禧年代》或什么财经节目,打电话到那个节目的多是痴男怨女,所以身为未成年怨女的我,有时也听得很投入。

更重要的是,芝 see 菇 bi 每天都会读出听众的传真,当年已经喜欢引人注意的我,觉得自己的生活能够在大气电波中被公开是一种成就,所以隔天便会传真去说一些琐事。

有一晚,我听见一个广告——商台将会举行一个 DJ 选拔比赛,主持人便是芝 see 菇 bi。我很兴奋,知道只要去参赛,便会遇上她。(对,当年的我完全没有打算做 DJ。)于是我和另一个忠实拥趸 Dar 决定参赛,还录了一出内容和录音技巧都是第九流、恶心得不得了的无聊广播剧作参赛作品。

初赛那天烈日当空,我一边听着当年还未被 ipod 和 Mp3 机取缔的MD 机内的音乐,一边和 Dar 汗流浃背的在广播道排队等候。过了不知多久,才能进入商业电台地下大堂。我们这才舒了一口气——终于捱到有空调的地方。

忽然,我们眼前出现了好几个麦克风,可能还有照相机,我只记得有人问:"你们有什么特长?"特长?我们会有什么特长?那一年,我只有十四岁。而且,我们其实是来看"明星"的……

"我们会'扮声'。"Dar 灵机一触。

这的确是我们懂得的唯一一种"口技",她和我极有默契地开始模仿各种人声:小孩、老头、老妇、老牛……那些围着我们的人竟像十分欣赏,我从没想到原来如玩口水般的无聊小玩意会在 DJ 选拔比赛派上用场。

后来我们终于进入录音室,和阿芝交谈过,但现在已完全忘了谈过些什么,只记得我的传呼机(听起来觉得我来自六十年代吗?不过是八年前的事)

---

① 唱片骑师:即电台 DJ。

震了起来，然后另一个DJ笑我像那部传呼机般"震腾腾"。

我不知道有没有人听过那个烂得不能再烂的广播剧，只知道，我们凭着声音模仿，不知打败了多少个对手，胡胡涂涂地进了DJ选拔赛的第二回合。

这个比赛带了另一个人进入我的生命，从此，我的生活不再一样。

Update Mall这个荒废的乐园便是在这个时候进入画面的，当年还是它的盛世，它还很热闹。1998年7月某个星期六，我吃完了妈妈弄的排骨面，戴上一顶蓝色cap帽（因为没有梳头），一身中性look，有点紧张，有点忐忑，但表面上像进行"落街买面包"般稀松平常的活动，乘车到Update Mall。

我会合了Dar，来到一个临时加了一面横额、几张椅子、一些录音器材的"擂台"（平时那里不过是一片空地），发现有很多人已经在那里。我们被带到所谓的"后台"，一位工作人员竟然问我们："一会儿你们即将表演些什么?"

又失策了，我们没有预备什么表演，总不成每次都扮阿伯吧。

这时我灵机一触——表演改歌词吧。当年大家最大的嗜好是抄歌词，抄歌词抄得闷了，便开始改流行曲歌词，算是工多艺熟，只可惜没有带"存货"来……算了，反正那些"存货"也见不得人。

骑虎难下，为势所迫，我们唯有在等"埋位（开始表演）"时用十五分钟即时改写郑秀文主唱的《理想对象》。

反正我们从来没想过会赢，能够来到Update Mall这一关已经算是超额完成了，还妄想什么?

最后我们勉强把它改成一首有关疯狂fans追偶像的歌，那时还未知道这个主题日后会"一语成谶"，只肯定它的质素是我改写过的歌词里的倒数第一位，而且早已遗失了原稿，当然也忘了每一字每一句。

（Dar按：我记得副歌开头两句是："天天烧几炷香，渴望你够瞓（睡得饱），有魄力就吉祥。"这算是什么劳什子歌词?!）

可是，以下这一段，我记得很清楚，近乎刻骨铭心、终身铭记的地步。

芝see菇bi每个星期六都会请来不同的嘉宾当评审，几乎全部都是歌星。那天的嘉宾是个刚刚崭露头角，越来越红的年轻歌手。我曾经很讨厌他略为粗犷的声线（每次等待我喜欢的广播剧前，听见DJ们播他的大热派台歌，我都想叫那歌星滚蛋），后来可能因为电台日播夜播他的新歌，开始觉得他的歌声顺耳，甚至逐渐喜欢上那几首歌，但还未会用真金白银买唱片回家听。

那天，当我们"交了稿"，舒一口气，正等候着节目开始时，我看见一件对当时的我来说离奇新颖的事——那个年轻歌手正坐在一角，津津有味、自得其乐地……玩水樽（矿泉水瓶）。他先抛起水樽，让水樽在半空打了几个空翻，再用一种特殊的方法接住，总之，给人的感觉，两字记之曰——"无聊"，但我就是挪不开眼睛。

事实上，从此以后我再不能从那歌星身上挪开眼睛。

多少年过了，尽管当年那个无论外表和内心都天真无邪的歌手现在已给某些人批评为嚣张和"寸"（我偏心地认为他的内心始终如一），他兴高采烈时脸上那个笑容还在。我不知道应该用"纯真"还是"真诚"来形容它，用"真诚"好像有点不妥，说他"真诚"地对待一个水樽吗？也不能说他"没架子"，因为他面对着的不过是自己和水樽。（虽然后来他曾邀请工作人员一起玩，那情景实在颇惹笑。）也许就是因为这微不足道，连当事人都无法记得但绝对反映性格的一幕（正面：不造作、平易近人；负面：贪玩、无聊、手眼协调不佳……），和他后来说的一句话，我爱上了"老牛靓声王"。

事后检讨，可能很多明星，尤其是刚出道不久的，人前人后也能够表现出这种真性情，只不过他是我的"初恋"。

直播节目开始，我们坐在麦克风前，等候发落。

"你们打算表演什么？"阿芝问道。

"改歌词，我们刚刚改了《理想对象》。"我们怯怯懦懦地开口。

"唱来听一下吧。"

这真是大气电波的灾难，我们唯有事先声明："改得很差……应该没有人会肯唱……"

"我唱。"年轻歌手鼓励我们说。

我们当然明白那不过是安慰的说话，但就是这一句，叫我从此万劫不复，永不超生。

"初恋"永远是莫名其妙地发生的。

当我们表演完毕，另一位参赛者开始十分专业地自弹自唱时，我们便知道完蛋了。最后我们当然没有入围，但我开始了我的迷恋明星之路。

那个当年有点傻、有点憨，后来红透半边天的年轻歌手叫陈奕迅。

物件能够反映投入程度。几天后，我走进一间唱片店，像撞邪般，想也不想便拿起他的唱片去付钱。从《我的快乐时代》开始，一首一首地听，不知为何，那把以前讨厌的声音变得如同天籁。

下一步是在信和中心搜刮这个其貌不扬的人的照片，录影每个有他的影子的电视片段（大型节目如《欢乐满东华》、《油尖旺戒毒灭罪音乐会》和《儿歌金曲颁奖典礼》到几个广告镜头不等），购买所有把他的样子或名字放在封面的杂志，即使最后发现只有半页的访问也心甘情愿。我开始见到他的样子或听到他的声音便忍不住尖叫，还把家中某本很厚很厚的透明活页文件夹内的所有东西扔掉，换上他的剪报。

那个文件夹本来装着我真正的"初恋"的展昭，年代久远，那又是另一个故事了。

不认还须认，我出生以来买的第一本画册，是用来贴明星剪报的，第二本也是，没有第三本，因为存货太多，只有两寸厚的文件夹才容得下那种浓得化不开的疯狂。

初时不过是这样，花点钱，花点时间，后来变本加厉。

"喂，星期六×××商场有个 function，你能来吗？"

我其实不大清楚歌迷会怎么运作，只知道每次有什么活动，歌迷会的职员也会打电话来问我出席与否。就是这样，在中三那个无聊的年代，我"参与"过无数商场活动，当时唯一要做的事就是举起预先准备、印有歌星名字的横额和疯狂地尖叫。

除此以外，加入歌迷会最大的好处是唱片公司会预留某些音乐会的门券给会员，那些多半是非卖品，一般市民要购买赞助商的产品后参与抽签，或打电话到电台玩游戏才有机会得到，而歌迷会会员只需冒着被熟人碰见、被摄入镜头又忘了用手遮脸而被亲人发现的危险，穿着那款式丑陋的歌迷会风褛，随着节拍挥舞荧光棒，喊破喉咙便可得到了。（其实不做上述的一切也行，要是阁下喜欢的是半红不黑的歌星，歌迷没有那么多，就是像一根木头般坐在那里，应该也会分配到门券。不过这些歌星的"粉丝"通常都是最卖力支持自己偶像的，那种热情叫人感动。）

这么多年后，要是你问我，为什么当年会这么疯狂？怎么能够那么疯狂？

我也许会反问你：你试过恋爱吗？

一个歌迷钟情于一个歌手时，其实已和他建立了一段个人关系，虽然感情的付出是单向的，但歌迷一定会获得莫名的感动和满足感，一定也会失望、伤心、愤怒，就像经历初恋、热恋、失恋……

所以当他拿不到男歌手金奖时我们会觉得失去冠军的是自己，当他被传媒抹黑时我们会有冲动用粗口问候那记者，甚至到那间报馆纵火；当他生病或受伤躺在医院时，我们又想跑去送上一壶老火汤。

爱上歌星、影星、球星的感觉升华到某个地步，真的像和那人"结了婚"（当然我们明白那感觉不是双向的），是未试过的人无法领略的滋味。但要建立这段关系通常需要大量的时间、金钱和热情，所以一般有伴侣的人应该是无法做到的。但不付出，就没有回报，世上一切如是，在迷恋者的世界也如是。

不过是一段段寂天寞地的单恋，虽然透过荧光幕或在现场，他对着你唱歌时那一刹的眼神接触仿佛带着热恋的感觉。

也许我还能够多来一遍，十遍，一百遍……

（注：翻看这一段时，痴情刘德华歌迷的奇闻在城里闹得沸沸扬扬，为免被误以为在下是那女孩的同类，我实在要在这里澄清一下：我……我的父母没有为了让我有足够路费跟随 Eason 登台而卖肾，除此之外，我是有"正职"的，我的世界里不是只有陈奕迅。我也明白什么是读书时读书，游戏时游戏，虽然曾试过在考试前一天在红馆外排队买演唱会门券，但我可是一边排队一边温习，后来还在那一科拿了 B+……

每个歌迷也有两个选择：一、整天活在自己的幻想中，放弃朋友、亲人和所有与偶像无关的经历和体验；二、努力做人，在现实生活里和自己支持的歌星一起成长。其实很多"粉丝"都选择了后者——我们也是普通人，也关心自己的前途，会为自己的将来打算，和局外人不同的，只是看见某人肾上腺素会急升，舍得为他/她花费时间和金钱，每年多看十个表演而已。这个世界复杂、残酷但有趣，充满各种可能性，怎么舍得像她那样"为了保存自己的纯真，十二年来什么也不做"?)

理想酒店

它就像佐敦的"南京小憩"，一个给人无穷想像空间的地方。（我说的哦！）

相信没有多少香港人真的曾经住过理想酒店，但少不免在那儿等过人吧。

旁边有又一城，有九龙塘火车站和地铁站，站内有足够的恒生银行、地利店、美心西饼让大家相聚。究竟有什么人会约在理想酒店门口呢？没错，就是旅行团和歌迷会。

大约十二年前，我首次踏足那里。那年最红的人，叫"展昭"。

我在十岁那一年，加入了一个叫"劲家庄"的组织——何家劲国际歌迷会，并从会讯得知歌迷会将举行一个烧烤聚会，参加者需往唱片公司排队报名。我只不过问了一句："妈咪，我可以去吗？"那个星期六便在尘土飞扬的土瓜湾工厂区排队，每一次回想，仍不明白当年紧张大师怎么会让自己的女儿为了一个明星在陌生的地方独个儿曝晒三小时。

前后左右，不少是和母亲年纪相约的女人，有些还携着子女，都用既奇怪又慈祥的目光看着我。

我从来胆小如鼠，关心的只是成绩（小学时父亲连98分也不满意）和晚餐吃的食物；那个下午和往后的事情告诉我，原来为了自己喜欢的人和事，我有那种胆量，和毅力。

曝晒三小时后，我成功报了名。烧烤会当日，大伙儿在理想酒店外集合。我踏上旅游巴，看着窗外不熟悉的景色飘过，感觉像学校旅行，又比郊游刺激百倍。环顾四周，身边尽是陌生人，但当时的我一点也不觉得害怕，心中只有兴奋。

"哗，你几多岁呀？"

"你一个人来呀？！"

"真的好小呀！"

抵达烧烤场后，和我母亲年纪相若的女人们（no offence，因为她们其实对我很好）围着我七嘴八舌地问话和讨论，不一会，忽然有人叫我跟她走。

我从没有体验过这样的历险旅程，虽然现在已忘了烧烤场的确实位置，还记得那里偏远荒芜，烧烤炉疏落地遍布在山头上，山上杂草丛生，烟雾弥漫，和我们的集合地点九龙塘相比，像另一个星球。

那人领着我走了一大段路，像要带我走到无法想像的梦幻境地。

她做到了。

她带我来到他的面前。

然后说了类似的话：

"她五年级哦，自己一个人来，好勇敢的。你和她聊聊嘛！"

后来我才明白这个带着我攀山越岭找展昭哥哥的人是歌迷会的元老，好一个有心人。

我已记不起人生中第一个"偶像"对我说过些什么——除了因为年代久远外，那时候的我，一定已经心脏停顿，四肢麻痹，连记忆系统也坏死了。我只记得我们谈了好一会，他还送了几张签名海报给我。烧烤会完结时，我怀着依依不舍的心情回到"凡间"。

以往每一次作文时，描述学校旅行也是以"怀着依依不舍的心情离开"作结的，但到了离开烧烤场的那一刻，我才明白什么是"依依不舍"，什么是回味无穷。

五年后，我又回到理想酒店，这次是陈奕迅歌迷会拉大队到无线电视城看《劲歌金曲》。我只模糊的记得"华星三宝"(梁汉文、杨千嬅和陈奕迅)表演了一个音乐闹剧,真正印象深刻的,却是十二点过后回家,有人在家楼下的巴士站等我。

那人是我的父亲。

见鬼了。

幼承庭训,不是不准"出夜街",而是我和妹妹都没有"出夜街"这个观念,也从来没有尝试行动。

"为了看这种东西十二点才回来!"

这是黑口黑面,像快要火山爆发的父亲劈头对我说的话。

我知道让我加入歌迷会、参加歌迷会不太晚进行的活动已是他的底线。

他没有再说话,失望的人都不爱说话。

他不知道另一个人也生气得要命,那个人是我。

那一年我十五岁,名校高材生,努力读书,行为良好,不烟不酒,当然没有吸毒,不算孝顺,但也从没叫父母蒙羞。而那一刹,我知道他觉得我无可救药。

我知道我的疯狂叫家人不解,损害我们的感情,当时我还未知道的是,那不是我唯一一次让辛苦建立的"社会栋梁"形象给"迷恋"毁于一旦,以后还陆续有来……

从小到大,有很多事情我根本不知道为什么要做,好像唯一的推动力就是"以后别当个要饭的",像个身不由己的麻木江湖人,是这些东西使我发现原来我心里还有一团火,一股排除万难的热血。

在某年某月某日,理想酒店原来真的为某些人实现了他们的梦想。不过无论如何,也许是时候收敛一下在下的热情了……

战友

我常常不明白其他"粉丝"们怎么可以联群结队出动,对我来说,迷恋是一个人的事,最重要的是,无论多要好的朋友,在争取同一个 dream man/woman 的注意力时,彼此之间一定有利益冲突。歌迷少的新晋歌星也许还会逐个歌迷谈天、签名、拍照,但遇上天王天后,应付得了这个"粉丝",就顾不了另一个。一个人只有一双手,替这个签名时总不能跟另一个握手吧?

虽然我讨厌朋友们死也不肯承认陈奕迅"个样其实 OKAY"及演技一流,但我一直庆幸他们对陈奕迅完全没有兴趣,万一他们也喜欢 Eason 喜欢得要死,万一他们也不介意音乐会后在会场外等待陈先生,万一他和她说话却不理我……我应该怎样医治自己受伤的心灵?朋友都变敌人了,我还可以跟谁倾诉?谁能安慰我:"那里太吵了,他听不清你的话……"

除此以外,无论看什么音乐会或演唱会,只买一张门券总是较容易得到有利位置。

因为生性自私,喜欢独占,在追星这一环上,我早已习惯孤军作战,直到我遇上我的军师阿Vee。

她是我的中学同学,坐在我邻座的邻座,有一个时期她和Dar熟稔,我们天天一起吃午饭。我和她沟通的时候,最常说的话不是"Hi"和"Bye",而是"古巨基靓仔唧!"和"陈奕迅靓仔唧!"

阿Vee很喜欢基仔,而且那份深情像在褴褓时已经开始——拥有所有古巨基的唱片不在话下,她说她在小学时已懂得在电台门口等他,还有几张和他的合照。

虽然我习惯了孤身上路,有时候还是想有个伴……正好有一天,她忽然提议说:"不如咁(这样),我陪你睇(看)一次Eason,你陪我睇一次基仔。"

于是我们根据刊登在报纸"每日星踪"一栏的资料,展开二人三足式的追星马拉松。我为了履行承诺跑到忘了是葵芳还是屯门,总之对于住在红磡的我们来说算是蛮荒世界的商场陪她大声喊"Leo!"。(我们的约定中还有一项——在参加活动的时候,即使不喜欢对方的偶像,也要为他尖叫,以壮声势。)她也陪我在只有站票的梁汉文迷你音乐会站三个小时,只为了听嘉宾Eason唱两首歌……到了年尾,我们一起在颁奖礼中呆坐,等到他们荣获那个天王天后视之为鸡肋的金曲奖,才敢松一口气。当然,即使得奖歌曲又是意料之内的同一首,仍是觉得高兴。

追星其实是有学问的:像尖叫,要适时,不要在人家唱慢歌时像受伤野兽般嚎叫,影响其他观众的情绪,更不可在别的歌星唱歌时喊偶像的名字,让别人觉得这群"粉丝"没有家教,顺带歧视他们拥戴的歌手。除此以外,等待歌星要在适当的时候站在适当的地方,才不会吃西北风。

阿Vee是第一个教我如何在颁奖礼和音乐会中跟着拍子舞动荧光棒、在适当时候大声喊他的名字兼大声喊出歌词的人。而且,她让我知道何谓"进取",一些别人觉得疯狂的行径,她仿佛还嫌不够。我和陈奕迅给人山人海隔住了,她会把我推到前线:"你要冲上去嘛!"某年某月某日新城电台外,当害羞的我只懂呆望着近在咫尺的陈奕迅时,她抢过我手里的唱片,递到陈奕迅手中,让我得到一生中第一个Eason签名。

无论多么喜欢一个人,有些事情,没有其他人推波助澜,我根本做不出。

虽然一直互相帮助,表面上我们还是像仇人一般,有时她会嘲笑陈奕迅的样子白痴,有时我会批评古巨基滥用假音,没完没了,十分无聊,但在每个商场活动/音乐会里,我们始终肝胆相照,替对方尖叫。

两个没有什么友情可言的歌手竟造就了两个"凡人"之间一段特殊的友情。

中三过后,文理分科,传闻说无论分班的结果如何,阿 Vee 也不会留在原校。那一晚我和她去看梁汉文音乐会,在拥挤的人群里站了三个小时,我快要不支倒地,还未吃晚饭的她竟然比我还精神,叫得比我更大声。音乐会完结后我在麦当劳一边喝着冻柠茶,一边问她:"你是否会转校?"她点了点头,继续吃她的鱼柳包。忽然我发现自己对她的了解其实不算深——我不知道她除了古巨基外还喜欢什么,也不知道她在荧光棒熄灭后过得快不快乐。没有了古巨基和陈奕迅,到底我们还会谈什么?

我有我的密友,她也有让她倾诉心事的朋友。也许,我们只算是战友。

不过人生里能够拥有这样的战友,还是幸运的。

中三完结后,她转到另一间本地中学念书。

她没有主动告诉我转校的原因,我也没有问她。

其实在中三学期完结后离开的人不少,但多半家境富裕、早已计划到外国升学,其他人即使念得不开心也会留下来,始终这间名校的名字太动听了,太渴市(稀有)了,像带着某种魔力。即使父母不介意让自己的女儿转校,哪有人肯轻易放弃这种名气?

像阿 Vee 这样"决绝"的,绝无仅有,事实上,我所知的,一个也没有。

我不知道这种勇气和决心是如何培养出来的,是否和小学时便有胆量在电台等偶像有关,只知道她后来还转了另一次校,然后到英国念书……和我走的路截然不同,老土地说,就像站在两条平行线上,永远不会再见。

她在我的心里,永远是"古巨基的歌迷"。也许我在她心目中,也永恒地代表着另一个人——陈奕迅。但不要紧,起码我们永远记得对方的一个特点,比起认识一群面目模糊的点头之交,有意思得多了。

运气

有时候,好运会叫人更加喜欢另一个人。

准确点来说,我们都爱遇见奇迹,而如果有人让我们发觉这个世界真的

"有金执(有钱可捡)"或有像恐龙一般大的蛤蟆随街跳的话,我们是较容易爱上那个人的。

1998年的寒假里某一日,我如常到附近的篮球场练习投篮,如常在家疯狂地"煲"陈奕迅的歌曲和影碟,刚刚看完一套叫《烈火青春》的青春片,心情不寻常地忐忑不安。我按下阿Vee的号码。"今晚Eason有个音乐会呀!"

我要去这个音乐会,必须考虑几件事:一、要对父母说谎。(为什么要说谎?详情我忘了。但没有父母会为女儿山长水远跑去看一个演唱会而感到欣慰吧?)二、它在九龙湾展贸中心举行,而在下家住红磡。三、最重要重要的一样——我根本没有门券。

绝对不会记错,因为接下来发生的事实在太深刻,那个音乐会是某电台主办的,拿门券的方法当然是打电话到电台玩游戏或购买赞助商的产品抽奖等等。当时的我还未加入歌迷会,怎样凭一己之力做夺宝奇兵?但那是我开始喜欢他后,他的第一个个人音乐会,我怎么能够错过呢?

最重要的是,我爱他。

"怎样?"

"我没有票呀。"

"我也帮不了你。你不如试下去会场看下有没有人送票。可能歌迷会里的人会有呢!"

"怎么会有票送给我呢?"

"是呀,机会好小。"

"那我还去不去啊?"

"自己决定啦。"

同一件事再没有发生在我身上,要不然我也许真的配连人带陈奕迅的唱片被抬进青山了。一个没有门券的观众,迎着八千里路云和月,乘巴士,再转地铁,然后找到转乘的小巴,一个小时后来到九龙湾展贸中心。

音乐会将在五分钟后正式开始,没有歌迷会的人在门口派飞,根本没有多少人还在门口,我觉得自己实在太天真了,在那儿停留了三秒便准备离去。

忽然,站在一旁的某个陌生男子向着我走过来。

"你要不要票呀?"

吓?!

那一刹,我完全不明白这简单句子的含意,所以竟然毫不客气地回赠一句:"为什么你要给我票啊?"

那个不知是黄牛党/好心人/黑社会/唱片公司职员/路人甲的人不耐烦

地说:"你是不是不想要啊?"

"唔系(不是),我要呀!"要是口里有饭,我已把米粒尽吐出来了。

他把一张门券递给我,然后转身,和友人离开。

(他没有立刻"消失",不是鬼!)

我垂头看看门券……第一排?

相信我,这种事犹如哈雷彗星,隔76年才出现一次。但它的出现其实不是偶然,因为如果我没有转那几程车(当我到达九龙湾时发现还要转乘小巴,几乎吓得昏过去),没有那么死心眼,根本没有可能拿到那张门券。但我也不敢说世上没有多少人这么疯狂,因为后来遇到的很多事,都证实"彗星"在世界各地出没,散发着异常的光芒。

到了现在,我还没有弄清楚那人的真正身份。

他那有点嚣张的脸,不可能是天使容颜。穿得一身黑,像魔鬼多一点。

我冲进会场,本来的位置是第一排第一个位,即是那种斜得不能再斜,大部分视线会被音响器材遮挡的地方。其实那音乐会也算爆满了,不知为何就是第三行的中间位置有几个空位。陈奕迅唱了几首歌后,我便身手敏捷的移动到那里……

从黑暗传来吉他声,接着是"我没有我没有没有……",我像闯进了另一个空间,那个空间有用来营造气氛的迷离烟雾,有尖叫声,最重要的是有他那略沙但雄浑沉厚的歌声。

原来梦想成真的感觉这么美妙。

或许,成为某些国际集团的亚太区总裁,购入一辆"梦想之车"和第一次看自己喜欢的歌手的音乐会都是这么一回事,努力加上运气换来的收获,格外甜美。

我还学到更多,包括第一次见识到什么是真正疯狂的"粉丝"(当时还天真地以为自己不算是):音乐会中途,表演嘉宾谢霆锋出场时身旁那几个歌迷的叫声,便使我害怕自己会失聪。

我知道在这里所记录的都是小得不能再小、无关痛痒的小事,但全都是我"学做人"的旅程中重要的课堂:音乐会完结后,我打电话回家说了一个很难让人置信的谎话:"系呀呀,同学打电话说学界戏剧节多了张票,问我看不看,我就去啰……"接着,我踏上一辆小巴,犹在天旋地转,过了一会,司机忽然对着我大声喝骂:"喂,你呀,最后那行那个,没投币买票呀!"当时其实神志不清,但以为自己清醒的我回应道:"明明买了嘛。"于是我们在众目睽睽下纠缠了好一会,没有记错的话,我还把手上剩下的钱给他看。最后,那个司机不忿地开车了,而不幸地过了几条街我才醒觉——我真的未入钱(投币)!

换着是平时,我也许脸皮薄得不会做任何事。

可是那一晚我居然硬着头皮走出去,作九十度鞠躬道歉,送上车资,也许因为心里有种"上天待我不薄,我也要好好做人了"之类的感觉吧。

那天晚上,还未吃饭、空着肚子的我,随便在旺角街头买了一包鸡蛋仔——我从来没有吃过如此冰冻、坚硬的鸡蛋仔,却觉得它是我吃过最美味的消夜。

在遇上奇迹的人的国度里,坏人忽然变了好人,鸡蛋造的铁饼还原成甘香松软的鸡蛋仔,世界那么美好,一切都寻常不过……

重遇

大约一年以后,我已经历了不少。

我指的是出席各大小商场活动、爱心筹款禁毒保健新人类劲爆潮爆叱咤风云音乐会和各大流行曲颁奖典礼,喊个声嘶力竭、地动山摇。我认得其他中坚分子,他们也认得我了,虽然我知道在他们心目中,我的名字仍然是"新仔"。

我有点疑惑的是:"他认得我吗?"

活了十五年,我知道真相可能是非常残酷的。

这也是迷哥迷姐们独有的情意结,为什么我们会那么在乎那些高高在上、远在天边的人认不认得我们?我们从"追星"中获得快感,又付出了金钱,保证"爱人"生活无忧,有钱买靓车、供豪宅不就行了吗?

原来我们想获得的还有永远无法得到的"个人关系"。

你叫阿婷。你竟然认得我?! 实在太好了! 等等,你记得我的名字吗? 你叫……Lulu。那么难听! 人家叫 Ceci 呀! 明白了,一定会记住。你拍戏累吗? 还好。有没有收到我给你的信……

你和我都知道的,即使他记得你叫 Patricia,那个煲过汤给他喝、义务替他打点歌迷会事务的女孩 Patricia,这世上还有千千万万个 Patricia,等着送上公仔、鲜花、巧克力和满腔热血,你始终不是他的家人朋友。他有事时第一百个想起的也不会是你,你有事时来照顾你的是对你有养育之恩的双亲,你欠他们很多(包括钱,因为买下太多唱片、明星相和海报了),实在太多了。

因此我们都不愿想得太通透。

所以当朋友替我把那一句问出口时,我既感到释然,又开始后悔。

已忘了那是个怎么样的音乐会，好像是个除了"粉丝"以外，没有多少人理会的颁奖礼，很多歌手轮流上台唱歌的那一种，观众全部都是歌迷。那一晚，他唱完了歌，颁奖礼还未完结，歌迷会会长便拉大队离开，跑惯江湖的我已对这种事见怪不怪。

他们说会在外面遇见他，在他离开前可以和他合照。

那天晚上，我刚巧拉了一个朋友来陪我做这种"勾当"，而那个朋友，刚好是一年前和我到 Update Mall 参加 DJ 比赛那一位。

Dar 问："你不是常常说，很想知道他还记不记得我们两个吗？"

陈奕迅来了，因为我仍是"新仔"，竟然有优待，像重演五年前荒山野岭那一幕，善良的歌迷们让我们站在他旁边拍照，他友善地跟我们握手。

Dar 终于问了："你认不认得我们呀？"

陈先生一脸迷惘。

"Update Mall 呢？"

他停了几秒，才恍然大悟一般（其实较像"装作恍然大悟"）说：

"哦，记得记得……"

（很多很多年后，当"伤口"已经复元了，我和朋友作"赛后检讨"，都一致认为他其实没有丝毫印象。）

我们愉快地拍过照，那只搭在我肩膀上的手很大很温暖，回家的途中，在地铁上，我和 Dar 一人用一只耳筒听着他的《那一夜有没有说》。

不知为何，那一夜，我一边听，一边掉下了几滴眼泪。

按照我的理解，那首歌说的是一个人在远行前想对喜欢的人表白，但到最后也没有开口。歌词中有云有月，当然也有雪，取其同音，很有意境，带点悲凉。后来在某个访问中填词的黄伟文解话，原来那个心上人后来还在交通意外中死了。

我这个故事当然没有那么悲哀（睬睬睬！），也没有什么值得难过，起码有百分之五十的机会陈奕迅当时是记得我们的，"梦想"还不算幻灭。但不知为何，问了那个未必应该问，但不问不甘心的问题后，而且的确觉得那首歌很应景。歌词中有几句是这样的：

"拥抱间　该有说吧　像飞霜初降般轰烈

但　是否真的有这场雪

但　是否真的有清心直说

如没说　一生都亏欠

有雪吧　让记忆景象更（加）深远

有说吧　为挂牵写上壮丽完结篇

（听）细说下　未了的心愿　埋在那天

心底空缺　被那点雪白盖掩……"

人生总是充满黑色幽默的，这首歌在我的生命里反复出现，阴魂不散，像在提醒我，最重要的话，究竟有没有说出口？又在冲口而出以后成为我的解脱。

出卖

这么多年来，我爱的男歌手只有一个，就是陈奕迅，从来也没有变心。

但他也有"情敌"，这个"情敌"的力量巨大得可以使一个以为自己已经把一生卖给 Eason Chan 的人，翻脸不认人，出卖他，做出不可补救的事情。

每次我想起那只流落在人海凡尘里的《我的快乐时代》第一版，便感到一阵沉痛。

为什么？为什么？为什么？

为什么当年我会卖掉那一只 CD?

是感情用事还是少不更事？不够钱，可以问别人借、求父亲预支下一个星期的零用钱，真的要卖东西，可以卖书、卖漫画，甚至卖衫？（我在中学时代常常把校服之一的羊毛衫弄丢，充满想像力的母亲也常常怀疑我穷得把它们拿去卖了，真的拿去卖，究竟谁会买这些十年没有洗过，满是毛头的羊毛衫?!）

都怪卖唱片实在太方便了。

Update Mall 撑不住，我们身边的商场每天都在变迁，在年轻人世界中，信和商场算是长青，虽然很多商店到现在已换了几代，卖翻版游戏光碟的变作卖盗版碟的，再变卖日剧、韩剧的，只有二楼的明星相铺和地库的二手唱片店屹立不倒。

我从没有在那些二手唱片店买过唱片，却卖过很多。当年非法下载还未普及（只不过是几年前），中学生还是会买唱片的，现在回想起来，也惊奇自己在那个每星期的零用钱只有百多元的年代，会为了一两首"好像很对味"的主打歌，用几十元买一只可能听了一两遍便不想再听的唱片回家。

周转不灵时便唯有卖掉存货。二手唱片店里没有充满音乐理想的害羞男孩，也没有穿得像 rock 友的不羁长发店员，狭窄的店铺中，收碟的是个大叔，对来卖碟的人正眼也不看，拿出拍纸簿、计算机、快速检查唱片，看看有没有刮花，然后在拍纸簿上写上每一只唱片的回收价——通常是原价的四分之一或以下，一句废话也不讲，阁下接受价钱的话，一手交钱，一手交货。

他们也实在把价钱压得太低了，非到必要（用光饭钱）时，我连那些只听了一两遍便打入冷宫的唱片也不想卖。

可是那个关键的晚上，我却踏着轻快的脚步，穿过喧闹的人群，来到信和商场，把唱片递给那个大叔，然后，用那些钱和口袋里剩余的钱，买了一份礼物，到现在连那份礼物是什么也忘记了，相信收件人也忘了礼物是什么。回想起来，结论当然是一千万个不值得。当年犯下这样的"滔天大罪"时，却一点内疚也没有。

1999年是我人生中最重要的转折点，1999年以前我只会迷恋武侠小说中的剑客、比我年长五年的篮球队队长、在Update Mall遇上的男歌手，他们仿佛都是凡尘外的天使，只可远观，不用说做什么亲密的举动，连和他们谈话也有点（很大）困难，想对人好，对象却远在天边，有时也真的不知把一腔热情放在那里，多看那些照片几次，还是多听一点甜蜜中带点怨气、讲暗恋的情歌？

当我以为自己会抱着迷恋过世时，终于遇上一个有血有肉的、每天出现在我生活中的人，尽管这一秒接受我的关怀、爱护，使我快乐得如在云端飞翔，下一秒又把我伤害得体无完肤，直堕谷底，至少一切触手可及。听流行歌自怜自伤时，我终于不用当听不见某些形容两个人在现实中的交往的歌词。这个人的的确确在我的身边，和我一起吃饭、逛街、看戏，分享生命里的喜、怒、哀、乐……我终于找到一直渴求的"个人关系"，包含着一些我永远无法从任何明星、球星身上得到的元素——暧昧、甜蜜、幸福……

即使这种幸福的感觉只能维持数个小时至数天，接着便是仇恨、妒忌、猜疑、难过……

《我的快乐时代》是我第一张拥有的陈奕迅唱片，听《我的快乐时代》时，也真的活在快乐时代，还记得中三和朋友仔参加"香港青少年奖励计划"那些行山露营活动，在不知名的山上一边行一边哼着那首歌，那段日子根本就是那样：无牵无挂、无忧无虑，眼前有千山万水，壮阔秀丽，蕴藏着无穷无尽的可能性，等着我们结伴闯荡。我们一步一步的攀越每一座山，赶路之余，还有闲情逸致谈天说笑唱歌，欣赏身边的风景，心境平静而愉快，没有像火箭升空般的刺激和快感，也没有揪心之痛，生命中只有惊喜（每一首新歌、每一个商场活动、每一个音乐会、每一个"叱咤903专业推介"冠军），没有惊吓。

然而我还是把那张唱片卖了，眉头皱也不皱地，便把那个自由自在的时代送走。

我仍然会买陈奕迅的唱片，但也会卖他的唱片。我仍然是歌迷会会员，但不再去商场大喊大叫了。我仍然会为陈奕迅在颁奖礼中的骄人成绩感到高兴，但我爱《幸福摩天轮》，不是因为它替陈先生拿了多少个奖，而是因为它见证了一种只有"凡人"才能给我的经历。我把省下来的时间和金钱，全部用来逗那个人开心，生日送上自己烘的蛋糕、自制会发声的生日卡，情人节送上躺在心形纸盒内的麦唛公仔，冬天时奉上热辣辣的特饮，天天不同：巧克力、阿华田、好立克、鸳鸯、花生糊、喳喳……新年还会制作装着草饼、Hershey's 巧克力、乐家杏仁糖的"全盒"。

开始注重打扮，天天也 gel 头，更加喜欢买衫，常常有财政困难。情绪像过山车，上课心不在焉，只会传纸条向好友倾诉心事，把她当作"×夫人信箱"主持人般送上感情疑难，不停改 ICQ info……陈先生和其他事情都彻底地从我生命里消失了，偶像们最大的"情敌"，是爱情。

那一夜有没有说续集

每年也和 R 一起逛书展，每年都是那么人山人海，真正愿意付钱买的小说来来去去都是那几个作家的作品，不到几天就在各大书店有售，又不大稀罕那一点点的折扣，所以逛书展对我来说是越来越没趣了。不过，今年情况有点改变，因为心情不同了。

我们如往年般被人潮推撞着，走到麦唛的摊位，琳琅满目的产品包括伞子、笔记簿、透明文件夹、毛公仔、锁匙扣、鼠标垫。

R 很喜欢那只小蜜蜂戒指，一问之下，盛惠三百元，说真的，虽然麦唛的蜜蜂造型很可爱，但那只戒指真的不值这个价钱。

但我决定买了它。

我当然不能够当场付钱，R 不惯也不爱受人恩惠，不会要的，而且我要制造一个惊喜。

于是，第二天，我秘密地再光临书展，买了那只戒指，才匆匆赶去会合众人，吃饭时气氛有点奇怪，他们不停地追问我为什么迟到，我只有乱作藉口：迟到呀、塞车呀。

看完戏，我把戒指塞在 R 的手里。没多久，我们各自回家，我还是心乱如麻。

我选择送戒指，除了因为 R 真的喜欢那只戒指外，其实是有私心的。其他货品如毛公仔、锁匙扣等都是得体的礼物，但戒指有象征意义。我要表达的，是不是已经很明显呢？既然连戒指也送了，还有什么不能说出口的呢？

但这个人是我的朋友,表白的结果可能是失去自己的好友。

"啊哦!"R上网了。

不说的话,也许我会一生一世不甘心,几十年后仍然想着当年应该发生但没有发生的事。说了,或许会有大团圆结局呢?

第二天,我在小巴上不停地听着《那一夜有没有说》。

因为在那天晚上,我最后还是把话说清楚了。

K歌之王

《十二夜》中,陈奕迅和张柏芝示范了爱情的短促和荒谬,我和R最激烈的吵架,也是发生在《十二夜》上画期间,原来当两个人的关系开始恶劣起来的时候,什么事情都可以变成吵架的主题:"只剩下前两排位子⋯⋯我们改天再看吧。""我叫过你早点买票!不想看便不要去看吧。""你想对我发脾气?!"我在电话筒的另一端黑着脸不作声。对,和陈奕迅无关,我想发脾气很久了,《十二夜》不过是导火线,我不满这阵子我们的关系又仿佛打回原形,我没有被重视,但是一直不敢发难,快要憋死了。

五月的时候,我和R完了,开始孤单过日子。奇怪的是,我对"分手"这样重要的事记忆竟然很模糊,我忘了是哪一天,我们说了什么话,反而记得陪着我度过那段艰难日子的流行曲,尤其是陈奕迅的歌。事实上,他的人不在我的生活里,歌声却一直留在我身边。

那年暑假,母亲安排我到美国某大学参加现在仍然很流行的暑期交流暨英语学习营,实际上不过是让一群香港学生在上课时念几个简单的英文字,下课后继续用广东话交谈,英语当然没有什么进步,日子空闲得使我觉得自己像电影中失恋后去旅行散心的主角。香港土产的流行曲仍然伴着我,晚上,我躺在宿舍外潮湿冰冷的草地上,一边听着《当这地球没有花》,一边仰望着漫天繁星。日间,我坐在旅游巴上听完张信哲的《到处留情》、再听陈奕迅的《到此一游》。我和朋友们都有一堆类似的"旅行歌",供远行疗伤之用。

但没有一首像那首歌般震撼。

当时已经开学了,快要是R的生日。我记得R的梦想是到一个大草原做些什么事情(当时我当然记得那是什么事情,但现在已经完完全全忘了,哈哈哈哈,看,人类的感情和记忆真是经不起时间考验。)于是我买了一副巨大的草原拼图,日以继夜的砌,希望及时送出这份生日礼物。

那是一个下午,我和家人吃过午饭,散步时走进我家附近的唱片店,看见当眼处是陈奕迅的新唱片,有点惊讶。换了是以前,我早留意到他推出新碟的确实日子了。

我看看海报上的陈奕迅,心想:Eason,很久没见。

很久没有听收音机了,唱片上的新歌竟然一首也没有听过。

我戴上店中供试听用的耳筒,耳筒传来一阵熟悉的前奏。(后来我才知道前奏用了《约定》的调子。)

陈奕迅开始唱歌,一字一句,直打进我的心坎。

他在唱我的心声。

那些我一直说不出,也不能说得太明的心声。

我不知道要是那首歌是别人唱的,有没有这样的效果,会不会如此震撼,但那些呕心沥血的歌词出自他的口中,就像一个相识很久的朋友,替我诉说我不敢说、不能说的由衷之言。

那次是我第一次听《K歌之王》。

有人鄙视流行曲,更多人鄙视所谓的K歌,泛指抢耳、易上口的主打歌,迎合普罗大众口味的作品。成功的例子,影圈有《泰坦尼克号》,乐坛有《K歌之王》。网上音乐论坛中有人研究它的旋律,更多人谈论它的歌词,赞美林夕如何巧夺天工,把不同歌名放进同一首歌中,猜他想藉此讽刺K歌泛滥的乐坛……

真正活在水深火热中的人才不懂那么冷静地分析。对我来说,那首歌只有一个意义。

一首歌有代人说心事的功能,其实已经够好了。

它的威力大得……当时我发现钱包不够钱,便立刻跑回家,拿了一百元,回到唱片店,买了那只唱片,回家后继续和那副好像永远也拼不完的拼图战斗,一边听着他唱"我唱得不够动人,你别皱眉,我愿意和你约定至死……",一边在想:为什么我要自讨苦吃呢?有人欣赏我的心血吗?还要砌多少晚通宵呢?通常我不是那种买了唱片只会听主打歌的人,可是那天晚上我没有听大碟里其他歌的意欲,只会按"REPEAT",让那首歌不停播下去、播下去……

避风塘

很久很久以后,那段关系真的完完全全过去了,我又变回一个正常人,没有再玩拼图,听《K歌之王》时不会觉得特别感动,我仍然喜欢陈奕迅,但不知为何,总是提不起劲再加入歌迷会,也没有再去任何商场活动、音乐会了。

2002 年 1 月某一天，我在电视上看"叱咤乐坛颁奖礼"，如各大报章杂志的赛果预测所料，他第一次得到最受欢迎男歌手金奖，我好像也是第一次见他得奖时眼泛泪光（别的得奖歌手大多已泣不成声了）。叫我心存感激的是，一向喜欢 CUT 致谢词的电视台没有删去陈先生多谢歌迷的说话，包括对我来说震撼非常的一句（相信除了我以外，没有人会觉得这句话有什么特别）：

"我想多谢我的歌迷……"

"我想讲，不要再买糖给我啦，因为我已经好肥啦……"

成为他的歌迷以来，我做过各种各样疯狂的事，就是从来没有送过礼物给他，连一束花、一个公仔也没有，其中一个原因是想不到送什么，另一个原因是除了阿 Vee 帮我问他拿签名和跟他合照的那一次外，我们从没有接近得能让我亲手递上任何东西。

当时年少无知的我听到那一句时，第一个反应是：我本来可以成为那些歌迷的其中一个，我本可以"爬"到那个位置的，本来送糖果的可能是我。

不能再逃避了，我要点算一下，到底我错过了什么，出卖了些什么：我和某人去听"九九大个唱"，竟然没有争取坐前一点（第十排！简直是耻辱！），而且看的时候不大投入。

我卖了《我的快乐时代》第一版！（真是冤孽！那是绝版，无论我逛多少次二手唱片店，在 yahoo 拍卖搜寻多少次，再也找不到了……）

我没有打电话换《拉阔音乐：Eason & friends》音乐会门券……

我没有参加他任饥馑大使的"饥馑三十"。从前即使他不是饥馑大使，只要他是嘉宾，而我又没有机会参加该营会的话，我会在家中尝试"陪"他饥馑。（对，这种行动和慈善无关，绝无意义。）

结论是，我为了一个狠狠抛弃我的人，放弃了一个同样曾经使我兴奋、心跳、大叫但不会抛弃我的陈奕迅。他从来只会使我开心，不会叫我伤心。

如果这是一出励志片的话，我会被启发，重新做人。要是这是一出爱情喜剧，第二天我会遇上真命天子，那人会对我很好，使我很快乐，让我明白不应再沉迷偶像，把感情投放在一个不认识我的人身上。我们会发愤图强，一起追寻理想，甚至拯救其他泥足深陷的"粉丝"……

但生活毕竟不是一出公式励志片或爱情喜剧，结果，叱咤颁奖礼的确启发了我重新做人——我重新加入歌迷会，因为不想再错过什么了。

演唱会

昨晚去看了某歌星的演唱会，这位歌手的歌迷大部分都是极忠实的死硬派"粉丝",所以她唱了不久,红馆内的气氛已十分高涨,吹气棒互击的声音"砰砰"的响个不停。不过也许大家太 high 了,忘了不小心使用手中的"道具",是会酿成意外的。在欣赏着那歌手美妙激昂的歌声时,差不多每隔数分钟我的头便被后面的吹气棒击中一次,虽然力度不大,也是够烦扰的。它使我想起几年前发生的事……

2003 年陈奕迅演唱会的尾场,在他唱完"所谓的"全部歌曲后,坐在台前第一排(呵呵!)的我,像别的"粉丝"一样,大叫"Encore!",不知为何,那晚不少人一边叫"Encore!"一边大力用脚踏地,兴奋过度的我也照做了。陈奕迅迟迟不出来,身旁某一个一直木无表情的陌生男子却开始对我怒目而视。

过了一会,他对我说了一句粗口。

我心里无名火起,踏地这动作并不会影响他人。况且我一直认为一个演唱会的第一至第五排不是给"正常人"坐的,谁也知道,要是没有合适的人际网络,最前面那几行的票真是要靠在红馆外冒着日晒雨淋排队换来,不止要付出金钱,还有时间、汗水和心血。尤其是尾场的头五排,你试过"追尾场"吗?现在的歌手喜欢不停加场,实在对歌迷造成沉重的负担,叫那些真的想看尾场的歌迷,加一场买一场,加一场买一场,最后唯有把先前买下来的门券转让给朋友或放在网上拍卖场、歌迷会网页出售,以弥补荷包的损失,习惯孤身上路的拥趸命运更悲惨,因为单售一张门券通常无人问津,只能贱价出售……(注:我对别人的演唱会没有研究,但看陈先生的演唱会,可以的话,绝对应该挑选最后一场,除了气氛热烈外,陈先生可能会多唱好几首歌,有一次尾场竟超时半个小时,叫买不到尾场门券的歌迷欲哭无泪……个死仔包[1]!)

回到正题,因为演唱会的第一至第五排本来不是设计给"正常人"坐的,无论是作为歌迷还是歌手,最讨厌的便是看见头几排极度投入、high 到爆、连唱中板歌也站起来跳舞的歌迷中,夹杂了几张木无表情的脸,脸上分明写着"我认识人送 VIP 票给我,不好意思不要票才来的。这个人的歌我都觉得不怎么样啊,这帮人又疯癫,吵得像鬼一样,早知道就不来啦"。

对这种不算太疯狂的疯狂也看不过眼的人,不配坐第一排。

所以,那天马上,听到那句粗口后,我马上以一样的句子回应,吓得身边一位从没有见过我这一面的朋友兼陈奕迅歌迷花容失色。最后,幸好我跟那个男人怒目双向和对骂了一会后,陈奕迅重回舞台了(另一个给歌手的教训:不要让爱你的人等太久,好吗?),虽然不再互骂,但我仍然觉得忿忿不平,大

---

[1] 个死仔包:你这个讨厌的男孩子,通常是父母用来责备子女的。

好心情无缘无故被这种意外影响，后来回想，只能用"美中不足"来形容那天晚上发生的事……

回到某歌星的演唱会，我知道因为我的心早已掏出来送了给另一位歌手，即使在这个演唱会中给人用吹气棒打到脑袋开花，日后回想也不会有什么遗憾，相反，要是我影响了后面那人的观赏心情，虽然不是自己的错，也许还会觉得有点内疚。（但话说回来，我和朋友身处的是票价二百元的"山腰"区，理应风平浪静，怎么在"山腰"的人行为也如此激烈？像我一样的癫婆从何时开始遍布了整个"山头"？乐坛还真是生机蓬勃！）

将心比心，我但愿后面的那位"粉丝"，不论沉迷到什么程度，也能得到一个多年后想起会叫他/她回味无穷、完美无瑕的晚上，所以，我整晚也没有作声……（但愿有一天主办单位会明白我的苦心，在本人因为脑震荡而变得痴呆，或因为长期垂头曲背而患上脊髓炎前，不再派发具有攻击性的"武器"……）

后记

不少人说我喜欢的这位歌手是全香港唱得最好的男歌手，欣赏他和创作人们带来各种不同元素的音乐，有人称他作歌神、Canton pop 的拯救者。

这些我当然全部同意，不幸地，作为"歌神"的"粉丝"，我不算是一个乐迷。（要是我自称乐迷，那些谈各方音乐如数家珍般的真正乐迷也许会拿石头掷死我……）

不过，无论是歌迷、乐迷、观众、听众或"粉丝"，无论我们对音乐有多少认识，无论我们听的是黑胶碟还是 Mp3，无论我们对卡拉 OK 的态度是热爱还是不屑，有一点还是一样的，流行曲为我们的生命带来了丰盛无比的筵席。它们记载着那些对别人来说没有什么意义、不会在历史洪流中留下任何痕迹、但足够当事人回味一世的故事。

父母吵架时，只要我戴上耳机，它们便会把我带到另一个时空，救我逃离那些恶毒的谩骂。

有人说，我们听流行曲时，享受的是"二手"的感觉，让流行曲告诉我们什么是爱、痛苦、牺牲、离别……在现实中根本没有经历过这些，其实也没有什么感觉，我们感受的是作曲者、填词人、歌手和监制要我们感受的。这种说法也许不错，但我很庆幸，大多数时候，流行曲在我生命里充当着代我说话的角色，而不是在我没有话说、没有感觉时"生安白造"一些情感给我。

很多年后的今天，我无无聊聊地闯进阿 Vee 的网上日记，我们很久已没有联络，但一 click 进她的 blog，映入眼帘的一张照片竟使我心中充满了亲切感，那是一张她和古巨基的合照，他们跟前放满了基仔在各大颁奖礼获得的奖座，两人都笑得很灿烂。

"没有人能明白我从来不当古巨基是偶像，而是一个从小到大陪着我，支持我的人，感觉有如哥哥的亲切。很难有人明白我的思想，我不是那种追星随波逐流的歌迷仔。"

我怎会不明白呢？老虎不发威你当我是 Hello Kitty？

但其实我不介意承认自己是个渺小的歌迷。很多年前，我一厢情愿地以为我对篮球队队长的是惊天地、泣鬼神的爱情，我拼命否认自己是个"fan 屎"，结果，证实了，原来我真的不过是个"fan 屎"。无谓再捍卫这些感觉了，无谓把它们分为"爱"、"好感"、"喜欢"、"迷恋"……名称不重要，重要的是，这个人这些歌曾是我的精神支柱，场景拆毁了，人改变了，说话忘记了，还有每一个片段里的歌声：

在广播道和港岛区某高山上一边流汗一边听着的《我的快乐时代》、三番四次闯进生命的《那一夜有没有说》、某人在卡拉 OK 中倚着我唱的《幸福摩天轮》、异国天空繁星下的《当这地球没有花》、伴着我砌出不能实现的梦想的《K 歌之王》、到后来替我隐藏秘密的《大开眼戒》……

还有数之不尽的例子，Timing 准得叫我不得不信邪。（当我听见《最佳损友》时，不免有点担心要和最好的朋友绝交，幸好到这个"预言"还没有成真。）想不到，这个世界真的有人用歌声记载着我们的生活。也许有一天，这个"魔咒"会消失，陈奕迅的歌终于会和我的生活"脱节"。但每一首歌，每一个音符，每一句歌词都已刻进心底了，它们是护城墙、沾满了眼泪的枕头，又是圣诞礼物、对明天的祝愿。

还有那些在陈奕迅得到各大男歌手奖时朋友们给我的恭贺：SMS 啦、MSN 啦、见面时那一句"你就开心啦，Eason 又……""喂，恭喜呀！"弄得这几年一到年尾便常常有"与有荣焉"和"沾沾自喜"的感觉。歌手和歌迷永永远远都是同甘共苦的——在他/她的负面新闻不断在八卦杂志出现时你没有为他/她感到难过，在他/她转公司时没有为他/她的前途忧虑，这一刻又怎会有一同"苦尽甘来"的喜悦？

也许尖叫、呐喊是十多岁的年轻人才会做的事，但喜欢一个歌手，钟情一把歌声，是可以永远的。

虽然陈先生不认识我，跟他认亲认戚好像老土兼失礼，但这些年来，我的确当了他是自己的亲人。哈哈，我有妹妹，刚巧欠一个阿哥。多谢你，大佬。

足球队

2002—

多年前的疯癫小女孩，现在已经二十一岁。本来我以为自己的迷恋生涯已经结束，毕竟我是一个成年人了，两年后，如无意外，我会成为一个专业人士，几年后，我会买车、买楼、结婚、生子……如无意外。

一点小意外发生了，使我回到一个老朋友的身边。

足球（或者应该说是"睇波"看球这活动）曾经也是我的其中一个好朋友，是路灯，是里程碑，见证过不少悲欢离合，重投它的怀抱一点也不困难，尤其当我发现自己的青春正渐渐溜走，前途还是一片朦胧。

我决定替自己做点事。在2006年，我找到了最便宜的机票，预订了青年旅社的床位，准备在大学毕业考试后亲身观看英格兰国家队在世界杯前参与的最后一场热身赛，这次是孤身上路，以为一切会按照计划进行，事情的发展却超乎想像：迟来的门券、迷路、在曼城市中心碰见大球星，一时冲动成为"狗仔队"、在球员下榻的酒店外和素未谋面的球迷网友相认、差点成为球星的车下亡魂、在清晨的寒风里和一群球迷苦候球星们三小时、以啤酒果腹、跟在青年旅社遇上的巴西女孩闯荡江湖。最后我发现自己想要的，原来不只是球队的胜利……

我的梦幻灭了，但世事如棋，英格兰竟然帮助我赢到一张合约……

我们的足球赛

序——平凡的一天

我忘了梦中确实发生了什么事,只记得那是一个噩梦,好像大家也怀疑我杀了人(?!),我逃到一个陌生的地方,那里有一张张碌架床,像年幼时暑假住过的宿营营社,又像监狱,在灰色的四面墙下,我遇上了朋友 K……

然后朋友 K 便打电话来叫醒我。

"喂,你起来没?你说八点四十五分要出门,现在……"

我望了望钟,时间是早上八时三十分,终于回到现实,记起 K 在隔壁的房间里。我在爬出被窝时感到一阵寒意,看了一眼在昨晚便拿了出来披在椅子上的短袖切尔西球衣,有点不知如何是好——好冷啊。我不想让 K 继续等下去,便穿上一件完全不合衬的白色长袖上衣,再套上那件漂亮威风的蓝色战衣。

K 鬼鬼祟祟地从我妹妹空置的房间探头出来:"喂,麻烦了你一晚……你真的要穿成这样上街啊?!"时候已不早,我们又在房间中扰攘了一会,登上不同的网站看看有没有切尔西队长特里伤势的新消息。九时整,我们终于在升降机中,我已脱去了打底保温的白色衬衣(因为母亲说它像内衣),单单穿着我的蓝色战衣,再披上外套。

切尔西对阿森纳的联赛杯决赛在昨天晚上举行,K 来我的家中一起看,度过了既疯狂又充满了粗言秽语的一晚——粗话真是观赏球赛不可或缺的一环,尤其当我发现每次喊出"X"、"Y"或"Z"时,己方球员便能够把对方如行云流水般的攻势拆解,或让龙门的横楣替我们挡去一劫,我说得更起劲了,暂时相信这个世界真的有"念力"这回事。

我愿意相信,作为球迷的我们也在参与这场球赛,而要是全球的球迷都在观众席上或电视前,像我和 K 般又叫又跳,球队一定会赢球。十分富有(球队的老板是俄国油王)、以本伤人(购入大量身价高昂的球星)、踢得谨慎、重攻于守——每个球迷都说得出一百个憎恨切尔西的理由,它也许是全英国最不受欢迎的球队。昨晚众球星更是不争气到极点,让足球不断停留在我们的大后方,给对方球员玩弄。但在我喜欢的球星特里被敌人狠狠踢中头部受伤昏迷后,球员的情绪、球赛的节奏仿佛在瞬间逆转,在我和 K 大喊:"报仇呀!"时,前锋杜奥巴攻入第二球,最后我们终于赢了。

小巴上,K 戴上她的招牌蓝底白字 Chelsea football club 围巾,拿出她的手提电话,画面是切尔西的球会标志,她和家人说电话,首先报告的,不是自己出入平安、身体健康,而是:"是呀,赢了呀,不过 John Terry 好惨,昏迷呀,希望吉人天相啦……"她收线后,我们继续讨论球会今季的前途。

我很困,睡觉前情绪波动太大原来真的会导致人做噩梦。

我知道这次准会迟到,但我不在乎,带着惺忪睡眼赶去上九时半的 guest lecture,只为了在班中会看球的男孩子面前穿着这件球衣,他们看见这件球衣,便会想到切尔西在昨晚赢了球,而且是打败了另一队劲旅。

大家专注地听课或睡觉时,我脑海中幻想着特里怎样在球赛完结后从医院回到千禧年球场,和队友们拥抱庆祝,场面一定很感人,下一年吧,下一年的同一日我应该在英国念书,我会看着他们举起每一个奖杯。

下课了,我立刻走到电脑室上网阅读有关特里的伤势的消息,一时心血来潮,便到铜锣湾 HMV 和 PageOne 看看有没有最新一期的足球杂志,吃过饭又回去上下一课。过了一整天,没有人问我昨天的球赛怎么样,甚至没有阿森纳的球迷对我怒目相向,使我更加怀念在伦敦的酒吧里强行把女友的帽子戴在我头上的醉酒球迷。看来在这个地方,只有我一个人(和 K)认为那场球赛很重要很重要。

回家后,我在 MSN 上继续和 K 谈天,在 youtube 上看足球短片。"玩物丧志"不是一朝一夕的事。

我忽然记起昨晚问 K 的问题:

"你觉得喜欢了他们后活得快乐一点吗?"

"我也不知道。"

其实,我喜欢了他们以后是怎样过活的呢?

命运

我最喜欢的球队其实不是切尔西。

我不是一个标准的球迷,我不懂踢足球,喜欢的队伍不是脚法流丽得像跳森巴舞的巴西,不是攻力强劲、横扫千军的阿根廷,也不是常常为世人带来惊喜的非洲队伍,而是只会带来惊吓和呵欠的英格兰国家队。

不止一次有男性球迷问我:"你钟意贝克汉姆呀!"也难怪他们总以为英格兰的女球迷全是被靓仔吸引而来的,除了队内的确有不少好眉好貌的球员外,英格兰好像真的没有什么好处,而且实在有太多叫真正爱看精彩足球的球迷难以接受的缺点:

虽然有不少香港人耳熟能详的球星(主要是因为球迷们最常看英国超级足球联赛),球员之间默契不够,没有组织,误传频频,脚法比起南美、非洲队伍差了一大截,带球带不了几下便被人铲走,踢友谊赛时像晨运,爱和比自己排名低一百名的队伍打和;踢淘汰赛时又久攻不下,还差点给人老猫烧须,最后总是依靠个别球员心有灵犀,以"世界波"一箭定江山,连一点漂亮的组织也欠奉,绝对不算是赢得光彩。

不止一次,特别是勇抗睡魔,捱过在深夜四时直播的闷蛋友谊赛后,或在英格兰对特立尼达、巴拉圭等弱队时,看着他们把球踢上观众席之际,我也有片刻的疑惑:为什么? 为什么? Tell me why,为什么我会对你们那么死心塌地?

其实我是知道答案的,英格兰叫人难忘的,不是他们的胜利,而是每次他们如何输得轰烈。

从不写日记的人在 2004 年某日凌晨写的日记

6 年前,即是 1998 年,像现在一样,又是差不多天际露出鱼肚白的颜色时,我看完了一场世界杯的球赛。那时我根本不太热衷看足球,只想凑凑热闹,况且看看八卦周刊附送的球队介绍,有些球星还蛮有型的。

英格兰对阿根廷——人家说那是不可错过的大战。但我应该支持哪一队好呢? 像很多女孩一样,我们都喜欢技术好而样子英俊的球员,而英格兰当时的当红炸子鸡是一个名叫"大卫·贝克汉姆"、披着一头金发、梳了当年很流行的中间分界发型的英俊小生。

那场球赛凌晨两点多才开始,我以为赶得及在球赛开始前睡一会,却睡过了头,当我醒过来,冲出客厅开电视时,贝克汉姆刚刚领了一面红牌,被逐离场。我看了慢镜重播,觉得裁判判错了,当时我还未熟悉规则,只有"先撩者贱(先挑衅者贱)"的观念,明明是那个该死的阿根廷球员先侵犯贝克汉姆的! 我一直支持着英国队,直到完场、加时、射十二码(点球),最后他们还是输了。我不大记得贝克汉姆离场后众人如何反攻,甚至不记射十二码时各人的表现,印象深刻的反而是那天清晨的太阳和那种新鲜滚热辣的荒谬感,对当时的我来说,没有什么比"想看的东西看不到,不想看的却全部接收"更荒谬,那次也是我第一次体会到眼巴巴看着自己支持的球队被打败,自己却无力挽救的失落感。后来我决定继续支持英格兰,就是因为不服"命运的摆布"……4 年后(2002 年世界杯),我无缘无故地,又再和英格兰"揿着"①。这一次,结局不算太悲惨,

---

① 揿着:点火打着。此为扯上关系的意思。

起码败给巴西，而且在法定时间内败给他们，并不是太富悲剧性的事。

他们带给我心惊胆跳的时候太多，眼泪却不算多，直至今天。

不对，他们刚才输给葡萄牙后，我还没为他们流过一滴泪。但在他们射十二码的时候，我为什么会捧着自己的手提电脑，找一个背景音乐是英国国歌的网页，不停地听那国歌？为什么我会这样做？就因为我有居英权？！足球和足球队到底是什么东西，能叫人疯狂，以至于斯？

我现在只希望，其他像我这样深爱英格兰的怨妇、"麻甩佬（猥琐男）"球迷，不要怪詹姆斯、特里、贝克汉姆。要过去的，让它过去吧。

爱一队球队，竟像跳进火坑，万劫不复。因为你能够放弃一个人，却不能放弃一支球队。

你相信宿命吗？

又输十二码。

人死不能复生，心死能不能复生？

写于 2004 年欧洲国家杯英葡大战后

我错了，那次失败并没有使我心死，英格兰国家队往后很多表现差强人意的比赛和其他所有充满戏剧性的灾难也没有使我心死——原来球迷的心是不会死的，4 年、8 年、12 年……我们永远在等待着，即使明知这一群周薪比我们一世的薪水加起来还要多的球星，应该不会在我们的有生之年内夺取任何国际锦标。（在英格兰败给葡萄牙的两年后，2006 年世界杯里，差不多相同阵容的英国队再度在十二码阶段败给葡军，连双方的教练也没有变，唉！）

的确，喜欢英格兰，就像和万恶之源、人类从盘古初开时便拥有的敌人——命运对抗。

像一部真正动人心魄的悲剧一样，要叫观众哭得死去活来，台前幕后必须配合得天衣无缝。

那戏轨经常是这样：在最后一场淘汰赛里，久攻不下，后防出现漏洞，对方球员劲射……幸好不过射中龙门门楣。接着，己方球员被逐离场……对方人多"虾"（欺负）人少，球员偏偏在这时才踢出真功夫，在禁区外筑起血肉长城，守将不要命地用头顶、用脚铲，把足球传送到前方。

声嘶力竭地陪他们捱到踢完法定时间，好像自己也踢球踢了九十分钟，早已精疲力竭，喝一口啤酒或汽水，又咬紧牙根过了三十分钟，球员一个一个体力不济，自己的心脏快要负荷不来，到了射十二码的时刻，想掩面不看还是忍不住,第一球给守门员接住,第二球劲射破网,第三球那球员像神经病般把皮球踢向观众席,最后顺利……给淘汰出局。那一刹,球迷脸上茫然的神情比球员眼眶里的泪水更叫人动容。

也许我是天生被虐狂,才会这么喜欢这支球队,我对好几样事物也有海枯石烂式的 obsessions,却没有东西能像英格兰国家队那么伤我心。

故事

我相信不论是摄影、看电影、画画、种盆栽、砌模型、打机(玩游戏机)、打麻将,每一种长期嗜好背后总有一个可歌可泣的故事。我这个自以为可歌可泣的故事,在 2002 年正式开始。

2002 年里,对我影响深远的除了有四年一度的世界杯,还有一项教育改革——香港八大院校第一次实行的"拔尖"计划。像很多大事般,未杀到埋身(影响到自己)还以为事不关己。那一年,我们在念中六,"拔尖"计划毫无先兆地展开,在中五会考中取得八 A 佳绩的家澄顺理成章地成为八大院校的其中一个招揽对象,俗称"尖子",只要接受了 offer,便能够提早一年入大学,不用面对高考。问题是,她的最想入读的学系拒绝录取她。

那时候的我,幸运地还未尝过和任何人分别的滋味,连转校也没试过,很难接受一个朝夕相对的人突然离开,因此一直自私地"求神拜佛",希望她不会接受第二志愿的 offer。

在这样的背景下,我们一起看了史上最多爆冷赛果的世界杯。

对我来说,第一场经典赛事当然是英格兰对阿根廷。

如某八卦杂志的记者所述,球坛其实像无线的长篇肥皂剧一样,风浪不尽:

1986 年世界杯八强赛里,阿根廷球王马拉多纳在禁区内犯规,用手把足球拨进网中,裁判却看不到,判入球有效,最后,阿根廷以二比一获胜。

1998 年,事业如日中天的贝克汉姆受对手侵犯,跌在地上,一时冲动下踢出小腿,裁判认为那是报复行为,判罚红牌,最后十人应战的英格兰在射十二码阶段被淘汰……

球场外,还有二十多年前的马尔维纳斯之战……

这些累积了多年的恩怨情仇,加上闪闪发亮的球星,使 2002 年那场大战举世瞩目。我们的学期末考试和世界杯差不多同步进行,经过四年的"足球空白期",大考和大战当前,我又再全情投入在足球里。那天晚上,我早已把八卦杂志附送的世界杯特刊背得滚瓜烂熟，满心期待，连晚饭也吃不下，胃部充塞着难以解释的热情，就只等待球员们出场的一刻。

英格兰一直处于劣势，直到半场前不久，欧文搏得一个十二码罚球，世上不同角落的人一起凝视着荧幕上的贝克汉姆，看他怎样冒着冷汗、深呼吸、咬牙切齿射入了全场唯一一个入球，它还是一个其实射得不算太好的罚球。

那一刻，我和全英国的球迷一样，都在振臂高呼。我马上打电话给支持日本队的家澄，她仿佛和我同样兴奋。"刚才我怕得躲在沙发后不敢看！""我早说过要赢不是问题啦！""哗，阿根廷进攻了！迟些再说！"

那一晚我再没有听过她的声音，因为太紧张胜负，球赛进行了九十多分钟，我便在客厅中说了九十多分钟的粗话，而当中大约有三十分钟，是在不同的沙发间游走、跳动着度过的。

在小贝射入那球十二码后，英格兰差不多全军退守，完全没有意欲再增添入球，相反阿根廷越战越勇，攻势一浪接一浪。我一边说粗话，一边看着他们如狼似虎的攻势一一被奇迹地瓦解，差不多开始迷信自己的"念力"战术生效。

终于裁判吹响哨子，比赛结束了，一比零，英格兰胜。我兴奋得尖叫起来，像中了六合彩般，不停发送短讯、打电话，十五分钟后才腾得出时间抹抹汗、喝口水。我心知肚明——我又"恋爱"了，这队球队（未必是这项运动）将是本人的其中一个真命天子。

第二天，我一共买了五份报纸，希望为这美丽的九十分钟保存白纸黑字的记录。正当我痴痴迷迷地看着小贝和队友们在角球位置拥抱庆祝的照片时，电话响起。我被迫暂时离开他们灿烂的笑容，用满布油墨的手拿起话筒。

"我有些重要的事情要跟你说。"是家澄。

那一刻，我猜到她要说什么，放下了报纸。

"我决定接受××大学的 offer。"

"是何时决定的？"

"这几天。"

"为什么昨晚不说？"

"我见你那么高兴。"

原来不只英格兰喜欢把人从天国带到地狱。

"恭喜你。拜拜。"

每件事情也有它的第一次，我面对好友即将揭开人生新一页的心态、反应和行为，竟和一个会为同学转校而哭哭啼啼的幼稚园生无异。当年的我还是个多愁善感的年轻人,挂线后居然真的掉下泪了。最荒谬的是,一分钟前我还因为英格兰的胜利高兴得眼泛泪光,现在竟然有被出卖的感觉,原来人生无常,眨眼间,什么事情都可以发生。

一年前我们怎么会想到会有"拔尖"计划?设计它的人也想不到有人会因为它而经历第一次的"生离"吧?虽然相比起看着亲友葬身在战火中,这种离别当然不算什么。

经济科考试前,我履行了对家澄的承诺——像从前和阿Vee一起看陈奕迅和古巨基一般,在自己家中和家澄同步观看日本对俄罗斯的赛事。结果,日本队凭家澄的偶像稻本润一的入球获胜,我们又通电话:"Yeah,我老公好劲(厉害)呀!""说过会赢啦,恭喜哈."也许,对我们这群癫婆来说,最能够表现友谊的行动,不过是支持对方支持的东西而已,看一场球赛,说一句恭贺说话,便算是和好如初了。或许,无论在什么环境中,有些东西是不会改变的。

"沙士"、父亲、利兹联

世界杯完结后,仍然很想继续看足球,便开始追看英国超级足球联赛的赛事,当时选择支持球坛上数一数二的强队曼联。(一人不能事二主。在球迷的心目中,曾经支持另一间球会是人生最大的污点,但为了说余下的故事,我不能不暴露这件丑事。)

家澄光荣升读大学,我的日子还是那样过,学界篮球比赛开始,敝校的篮球队仍是积弱不振,唯一不同的是,每个星期六上午输掉比赛后,曼联总会在晚上的比赛取胜,慢慢我习惯了期望他们替我"复仇",因此每个周末下午的心情总是失落中带着期待。

接着是高考模拟试前的新年假期,家人都外游,剩下我一个人在家,深宵中,严寒里,暖炉把空气中仅余的水分都抽干了,厨房的洗碗盆里堆积着三四日未洗的碗碟,我呆呆地望着饭桌上杂乱如碎岩的笔记,呷一口早变酸了的咖啡。在这样孤寂绝望的环境中,唯一的安慰是"仲有波睇(终归有球看)"——十二时正利物浦对水晶宫,绝不是什么非看不可的大赛,但天地苍茫,死寂的客厅中,电视上的一片绿茵是唯一带着活力和生命力的东西,只有它陪着我对抗还未温习的课本。

球季初段阿森纳一直在积分榜上领先。曼联在圣诞假期开始回勇,我看着他们一场一场地收复失地,想不到他们后来也替谷底中的我带来曙光……

玩物丧志可能并不适用于我身上,不"玩物",也许我更沮丧。

一个人只会在大祸临头的时候对迷恋的事物失去兴趣。

或许已没有多少人记得他们的高级程度会考是怎样过的，但我是戴着口罩进入试场的，所以印象特别深刻。"非典型肺炎"又是另一件未杀到埋身还以为是事不关己的大事。

高考前我们有一个月的假期，我差不多每天都回校温习，某天不知谁拿来手提游戏机，另一个同学还踏着她的"暴走鞋"在无人看管的课室内转圈。（"暴走鞋"就是那种脚底有辘，让人在闹市滑行的球鞋，是小孩子玩意。没法子，我的朋友和我一样，都很怪。）SARS在威尔斯亲王医院爆发，很多事也发生了，但我们无知无觉，困在那个平静而狭小的世界中，身边只有旧试卷和笑声，没有风浪。即使有一天母亲把一个口罩递给我，强迫我带回校，我和同学们也只懂以玩游戏的心态研究那个口罩。

"哈哈哈哈，不是这样戴的吧。"

"哈哈哈哈哈，你个样好搞笑。"

当时我们还未知道快要大祸临头。

某一天，我如常回校和同学们温习、聊天，又到油麻地逛了一会儿街。回家后，觉得很疲倦，睡了一会。醒来时，全身发烫，才知道大事不妙。

我想到母亲平时的告诫："如非必要别上街，而且千万要戴口罩！""一个人'中招'，牵连甚广！"

母亲正在兴致勃勃地替家人准备晚餐。我就像一个忽然发现自己患了绝症的人，已经恐惧得不得了，更不知怎样向家人开口。最后，我在捧着一碟茄汁肠仔意粉走出客厅时，硬着头皮对空气说："我怀疑自己在发热。"

本来宁静安详的气氛在那一刻粉碎。母亲冲出来，用手摸了摸我的额头，吩咐我去量体温。我的口里含着探热针，她继续说话，当知道我的体温是一百零三度时变得歇斯底里："今天你到哪里去了？"

"我回学校去了。"

"有没有到过别的地方？"

"油麻地。"

"我吩咐过你少点逛街，你总是不听！"

终于，我告诉她我到了广华医院附近的一个商场。

"我的确到过医院附近，但我没有经过医院……"

母亲的脸上出现一种从来我没有见过的可怕神情。

"你是不是要把全家累死才安乐？！如果你患了SARS，我们全家也会被隔离，你父亲的公司会关门，你知道他视那间公司为生命，公司关门了，他能活下去吗?"

我吓呆了——原来我判了全家死刑。

"年轻人康复的机会率比年长的人高一倍,我和你父亲的年纪也不轻了,你真的想害死我们吗?"她冲口而出说。

不知过了多久,母亲的心情平静下来,对我说:"吃饭吧。"她没有说什么,我不想传染他们,自动自觉把茄汁意粉捧进书房里。

父亲回来了,母亲把噩耗告诉他,大家也很凝重,仿佛已打定输数(有最坏的打算),当我是一个病人了。最后,他们决定让我在第二天一早见家庭医生,希望他还有点"医德",不会未断症便直接把我送到医院去——那是死路一条,"冇病都会染病"。

那天晚上,我们再没有说话,我把自己关在房间里,躲在棉被下,想了很多:我会否连累家人患病死去,家破人亡,偏偏自己却康复了? 在幻想中,我看见祖父母老泪纵横的样子、父亲的公司倒闭……

我知道自己是个无可救药的罪人,于是我拿出圣经,开始祷告。

"上帝,我不想死……但我可以死,让我的家人活吧……"

淘大居民被隔离前的数十分钟,也不过如此吧?

经过家庭医生的诊断,我患的不是非典型肺炎,体温在几天内也回落了,但我总没法摆脱那天晚上的阴影,就像个投入演出的演员,已当自己是病人,叫我如何抽离角色?

从那时开始,家中出现得最多的句子是:"这是我碰过的",没有说出来的那句是"可能有病毒"。同时,我真的响应了董太的呼吁,不停地"洗手、洗手、洗手",次数频密得手部皮肤开始爆裂,继而流血,一瓶 525 ml 的消毒洗手液在两个星期里见底,多年以后,只是嗅到那种熟悉的气味便想吐。

后来,我对病毒的恐惧变本加厉地蔓延到其他可以让细菌污染的物件,也就是世上所有的物件。对我来说,每一个公众场所都是高危地区,我再也不到自修室去了,当然也不再回校温习,在公车上听到咳嗽就像被判了死刑,每一次出外后总觉得裤管沾了 SARS。我讨厌上街吃饭,仿佛看得见每只碟子的细菌,更觉得所有人都是带菌者,剪头发时看见发型师把口罩拉下来,露出鼻和口,便有预感会被他传染,他不小心把梳子掉在地上,我更加惊慌……

尽管像个精神病患者,我还要考试。那两个月对我来说,很长很长。母亲常对我说:"圣经说:'在爱里没有恐惧。'"原来,恐惧里也容不下爱,甚至迷恋这种低一等的感觉。像一个黑洞,把世上所有爱欲情仇都吸进去,一样不留,灰飞烟灭。听任何哀怨缠绵的流行曲时也再没有丝毫感觉,连知道电视上有 Eason 也提不起劲追看，当然也再没有看任何球赛，唯一保留下来的习惯，是看报纸上的体育新闻。

不枉我在无忧无虑的日子个个周末捧场，曼联已在积分榜上反超前领先阿森纳。报纸说，要是阿森纳在下一场比赛输给利兹联，曼联便可提早成为联赛冠军。可是期望在榜尾徘徊的利兹联打败第二位的阿森纳好像有点不切实际，毕竟两者的实力太悬殊，像叫我不惊不惶、专心温习手上的笔记那么困难。

还有几天就是心理学的考试，我很快忘了那场比赛，又回到那个害怕染病、害怕考试、害怕做人的境界。

考试前一天的清晨，我蜷缩在床上，身旁那一本像砖头般厚的心理学课本像梦魇般压着我，半睡半醒间，我听见父亲开门的声音。

他站在门外，只说了一句："利兹联赢咗，三比二。"便提着公事包离开。我还没定过神来，已听到大门关上的声音。

我挪开压着半边身子的心理学课本，抹了抹眼睛看看窗外的朝阳，想到那段陪着曼联一场一场从后赶上的日子，如像隔世。这一刻，冠军终于尘埃落定。忽然，像在谷底看到曙光，我觉得最后胜利不是那么遥远了。

然后，我的心底响起一句话："原来他明白。"

"SARS 疑云"发生后，我的心里其实一直积压着一股怒火。

父母对我的行为越看不过眼，我越愤怒。难道我很享受隔十五分钟便洗一次手的生活，很想用光那瓶昂贵的消毒洗手液吗？难道我很喜欢在别人开怀大嚼时还在小心翼翼地抹自己的餐具？要是那天我发觉自己发热后，他们的反应是拥抱我，而不是责备或恐惧，往后那两个月的生活可能完全不同。

以前，我像很多人一样，常常觉得父母爱我，但不明白我，像他们从来对我迷恋的人和物无动于衷，当我情深而激动地跟着陈奕迅唱歌时，他们只会一句话也不说，继续看杂志、打瞌睡，当我看着心爱的球队输得落花流水时，母亲只会阻止我说粗话和责备我在凌晨三点仍不去睡觉，父亲继续埋怨每个月花二百多元在收费电视上是浪费金钱……

从那个可怕的晚上开始，我不止觉得他们不明白我，看着他们紧皱的眉头，简直有点怀疑他们不爱我了。

不过，要是他不爱我，没可能明白曼联在我心目中的地位，不是球迷的他，没可能会留意利兹联对阿森纳的比赛；明白我紧张比分，才会赶着在上班前于清晨七时正走进我的房间向我报告赛果，反正我早晚会知道的。

对我来说，和足球有关的感人回忆中，这段往事可入三甲，即使我根本没有看过那场使曼联封王、让利兹联逃过降级命运的球赛，即使后来我背叛了曼联，爱上了切尔西。

或许，无论在什么环境中，有些东西真是不会改变的。

八千里路云和月

足球像英国的国教，很多人说英国人深沉冷酷，偏偏他们对足球和国家队有不灭的热情。在世界杯、欧洲国家杯等大赛前的一个月，每一份英国出版的体育杂志的封面都是穿着国家队球衣、气宇轩昂的英格兰球星；揭开内页，每一个球星都朝气勃勃、充满自信地告诉世界他们多么期待代表国家出征，最后永远加一句："I believe we can really do it this time!"①到英国走一趟，不管是大街或小镇，民居、商店、汽车挡风玻璃、人们的衣服上，漫天遍地都是白底红十字的圣佐治旗。酒吧、机场、火车站里挤满把球衣当作制服的球迷，有些为了这四年一度的盛事，辞掉了工作，有些根本没有门券，为了支持国家队，也巴巴地跟着跑到另一个国家，没钱住酒店的便在市内扎营，在街上为球队呐喊助威。

尽管客观事实是不少队伍皆比英格兰优胜，而英国队自从在1966年夺得世界杯后，再没有获得任何国际锦标。

这样的气氛，这样浓郁、不计较回报的爱，天上有地下无，无论多困难，也值得每个英格兰球迷现场感受一次……

像其他香港球迷一样，要支持自己喜欢的外国球队，唯一做得到的是付出二百多元安装收费电视，每个周末坐在电视前，一边喝啤酒或喝汽水，一边忍受评述员口中不停吐出各样无关痛痒的数据或球坛消息："加上这一次，××已经连续保持主场十场不败的纪录啦，还有还有，不说不知道呀，Y如果本场有入球，就是他加入英超的第五十个入球，真是双喜临门啊！（这时，他仍浑然不觉足球已越过中场线，在其队员的脚下迅速地前进。）阿Z（球员名称）好似有乜波踢咁，佢最近就俾转会新闻困扰，听闻佢将会？（阿Z好像没有球踢咯，他最近被转会新闻所困扰，听闻他将以五千英镑转会，球会方面就不停否认消息）……（评述员还未察觉皮球已进入禁区，仿佛在球场内发生的一切与他无关。）哗！（球员以头锤顶球，追成一比一）好靓呀！（你真的看见

---

① 我相信这一次我们一定能夺冠！

那个入球吗?)"

我当然希望耳朵听见的不是评述员的废话,而是球迷的欢呼,映入眼帘的不是父亲在晾衫、妹妹无情地玩 MSN 的情境,而是铺天盖地的旗海。

2004 年,仍然钟情日本队(的靓仔)的家澄在英国念书,无意中发现一场英格兰对日本的友谊赛,刚巧母亲又想到英国探望在那里念书的妹妹,给我一个现场观战的机会。当然,球赛不是很精彩,但因为我爱的是英格兰国家队而非足球本身,能够在现场替他们打气已经很满足。打个譬喻,要是爱的是某某君,而不是谈恋爱这活动,能看他/她一眼已很满足了,还会介意拍拖时有多少精彩行程吗?

在我心目中,那次旅程是完美的:我在距离球员们不到十多尺的场边看着他们热身;跟身边的球迷一起立正唱"God Save The Queen";英格兰和日本队各入一球,和气收场(许家澄和我也不用决裂);比赛完结后还有机会到著名的酒吧街喝一杯、见识见识……

爱上一个地方,其实就像爱上一支球队和一个人那样,不需要什么理由。你在那里储存了珍贵的回忆,不想离开,便是了。球赛举行的曼彻斯特市虽然算不上么名城,我总觉得只逗留两天一夜有点意犹未尽,离开的那一个早上,我在酒店房中扮未来战士对着家澄大叫:"I will be back!"[1]

两年后,我的愿望成真了。

也不是不难得的,第一、家澄未考完试,我要孤身上路;第二、这次母亲没有打算到英国去,没有借口多"骗"一张机票回来,为了争取父母同意,必须省一点,找最便宜的机票,入住青年旅馆;第三、父母居然真的同意了。

过了二十岁,开始醒觉青春流逝,惊觉自己的心态"老饼"(已成老人家)。经过一个个每天穿着黑色西装扮大人的暑假,我深知自己"时日无多"了,早晚也要进入那个不见天日的劳工市场,成为其中一件机器。另一方面,大公司均在学生毕业一年前招聘见习生。不幸地,我还未得到进入劳工市场的入场券。

可能越是不清楚前路,越不喜欢向前望,大学三年级下学期里,我花了很多时间做白日梦,最喜欢听的歌是"Forever Young"[2],最喜爱的小说的主题都是"成长"(因为总觉得自己无法做到)。

可是,真正使我觉得自己还年轻的只有足球,只有紧握着拳头、青筋暴

---

[1]　我会回来的。电影《终结者》中施瓦辛格的经典台词。
[2]　永远年轻。

现、不停呐喊着看球赛时，我才觉得这个世上还有很多可能性。于是这一趟成为我的寻回青春之旅，也是我的"one last fling"①。

想不到过程一波三折。

在英格兰足总的网页订了票，几天后奇迹地发现有更好的位置，因为不过是英格兰对牙买加的友谊赛（所谓世界杯前的最后一场热身赛——没错，又是那种只有我才会有兴趣的烂比赛，只因负担不起世界杯比赛门券……），价钱不贵，又多买一张门券。结果万事俱备，只欠东风，天天准时地在邮差叔叔光临后立刻检查邮筒，望穿秋水，在一个多月前订的票，竟然在出发前几天才寄到。

出发那天，我兴奋地拿着两本世界杯特刊踏上飞机，扣好安全带，正准备看看罗纳尔迪尼奥的访问，身边忽然传出一些不知是国语还是广东话的杂音，接着几个巨大的身影在我旁边降落——几个男女正在高谈阔论，发出的噪音盖过了万籁，我几乎听不见飞机引擎的声音，便发觉自己身在半空。

忽然，四周静下来，我感到手臂上多了一件沉重的东西——人头！原来其中一个女人竟然把我和她之间的空位当作头等机舱的床位，还把我的手臂当枕头……三十分钟后，其中一人指着一瓶随飞机餐附送的红酒，兴奋地问："这是可乐吗？我也要?!"

我不是迷信的人，但碰上接二连三的离奇古怪的事，难免对这个旅程有无限的幻想，担心会遇上"不测"……

我一向不是那种会乘坐公车横跨欧亚大陆的电波少年②，在曼城的青年旅馆 check-in 后，便开始我的迷路之旅。

Deansgate 大街上游人如织，每一间商店的橱窗都陈列着和世界杯有关的商品，像英格兰拖鞋、英格兰毛巾，甚至英格兰床铺，走不了几步便会碰上卖圣佐治国旗的小贩，虽然球赛在明天才举行，整个城市已为了迎接它和往后的比赛整装待发。我在人潮中踏着轻快的脚步往前走，看见人们身上的球衣，内心很高兴——我觉得自己是属于这个地方的。

虽然我不喜欢红色，虽然那件球衣的剪裁绝对较适合男性，穿在我身上有点像小丑衣，但我不介意穿它——在球队顺风顺水时，它是我的骄傲和身份象征，在球队输得落花流水时，代表我的忠心和坚持。我但愿自己穿得像

① 最后的放纵。
② 香港 TVB 电视台曾和日本电视台合作一档用很少钱环游世界的《电波少年终极之旅》的节目。"电波少年"及主持人林昭仁即成为自助旅游的代名词了。

一面活动布景板,让人们老远看见便知道:英格兰球迷!

世界杯在几天后才开始,这里所有人已穿起了战衣。不少香港人也有自己喜欢的球队,不少男孩也喜欢穿球衣,但你不会在利物浦对 AC 米兰的大战前夕看见满街满巷都是红色怪物或红黑间兵团,当然也没有什么机会看见双方球迷在街上碰见对方时皱皱眉、"眼超超"(瞪眼睛)的有趣情景。我老是期待看见这些:既然喜欢,为什么要"收收埋埋"(躲躲藏藏)?

孩子们的球衣背后印上了他们自己的名字:Justin、Peter、Timothy……我马上想起,每个英国小孩也踢足球,在家中的后园踢、在街上踢、在学校踢,小学生也有自己的联赛,球星就是这样发掘出来的。香港的学校即使有一小片草地,校方只会把它留给同学们练习掷铁饼和掷标枪。

体育不是我的强项,当然不会傻得以为自己会成为女足球员,不过如果我在这个国家成长,应该也会踢足球,在这里,女孩子踢足球,比打羽毛球更寻常。要是我在这里落地生根,嫁给一个"鬼佬",不像香港,每个星期顶多只需要工作五天、每天工作八小时吧,薪水也许不多,但足够我们每个周末到现场看足球,在夜晚到酒吧一边喝啤酒,一边重看精华片段。我们的孩子还会穿着英格兰球衣在后花园踢球……想得太远了!

我一直相信:哪里有自己喜欢的人和事,哪里便是乌托邦。从抵达到这刻不过两小时,我已经不想回去了。

摩天轮下的奇迹

曼城的天空蓝得近乎透明,六月的阳光洒遍大地,把市中心的摩天轮照耀得闪闪发光。那座摩天轮和附近的商厦一般高,在它的最高点俯瞰下去,应能把全个曼城的景色尽收眼底。

我对摩天轮素来有特别的情意结,却没有踏上它,只因为费用高昂。告示说那天是它最后一天运作,或许正因为经营不善,当地人也嫌贵吧。

我继续向前走,一边尝试辨认身边的建筑物,却越走越迷惘——走进大路旁的横街,打算利用捷径到下一个景点,但街名好像不对。这时我已蹉跎了十五分钟,过了多久又回到摩天轮下。

这时,一个路人一边跑过,一边喊叫。不知是我的英文聆听能力差,还是那人的北方口音难听,我只听见几个英文字:

"England supporters …… shopping ……"

我隐约觉得有事发生,马上朝他奔过来的方向前进。回到大街,一栋商厦旁聚集了不少人，还有不知是保安还是警察的制服军团。我急急向前走了几步，终于看见人群中的焦点——一个高高瘦瘦、穿着英格兰球衣的人，走进泊在路边的私家车里。

我认得那人是谁，我当然认得他。

才二十五岁，已是利物浦队长，英格兰十一个正选球员中不可缺少的进攻中场球员，曾带领球会在落后三球下奇迹地反胜 AC 米兰，夺得欧洲联赛冠军杯冠军。

杰—拉—德！

昨天我还在家中整行李，这一刻我竟在曼城市中心遇见杰拉德！

我快速走到那辆私家车前，距离近得伸手可及车门。除了杰拉德，车上还有后卫卡拉格和另一人，因为半个车窗是黑色的，看不见那人的容貌。

当我从极度亢奋中恢复知觉时，才发现自己站在一群孩童中，我问其中一人："杰拉德身边的那人是谁？""是卡拉松。""另外那一个呢？""嗯……不知道……会不会是……"我兴奋得完全没有意欲拿相机出来，只想清楚记住那一刻。

过了一会儿，私家车便缓缓开走，孩童们一边喊："英格兰，加油！"，一边对车里各人竖起大拇指。我也对着杰拉德挥手，他看来有点迷惘。

随着车子绝尘而去，人潮渐散，我这时才发现，杰拉德走出来的地方是一间体育用品公司，也许他和队友不过在热身赛前挤出一点时间到赞助商那儿做点宣传活动，不过无论如何，能够遇见他始终是个奇迹。要是我没有迷路，现在也许已在某些无聊景点拍照了，怎会遇上他？

我在摩天轮下徘徊，不知该往何处去，脑海一片空白，心中只有一句话："既然我能够在市中心遇上杰拉德，什么事都能够发生。"

我看看地图，把步行指南放进背囊里，向着 Lowry Hotel 前进。

酒店 fan 屎杀人事件

离港前的一晚，我在英国《太阳报》网上版看到一张特里在酒店附近拿着报纸和咖啡踢着拖鞋散步的照片。报纸刊登那张照片，不过想证明连特里也看《太阳报》，我却被图片标题吸引着："John Terry taking a walk outside the Lowry Hotel ……"①我在网上找到 Lowry Hotel 的位置，把它记在地图上。

---

① 约翰·特里在 Lowry 酒店外散步。

虽然如此,本来我真的没有打算到那间酒店去。

看看地图,沿着大街往前走,过几个街口后转左,便应该到了。离开了商店林立的购物中心,人迹逐渐稀少,四周寂静得叫人怀疑是不是已闯进什么禁地。阳光被周围的高楼大厦遮蔽,天色依然湛蓝,清风里带着阵阵寒意……

迎面走过来一个穿着制服的男人,我保持着没有表情的表情,强装镇定,一颗心却"扑通扑通"地跳个不停,幻想着到达酒店门口时,遍地都是挂着机关枪的警卫。不知道是因为已经历了十多小时的舟车劳顿,还是因为周围的人实在太少,那一段路对我来说出奇的遥远。

终于,左手边出现一座满布落地玻璃的庞然巨物。

那间酒店坐落在河畔,比旁边的街道低了一截,被其他建筑物重重掩盖,还真像到什么堡垒朝圣。我兜了一大个圈,才找到从大街延伸到酒店的一条小桥,走到小桥尽头,视野豁然开朗,我看到眼前的景象,才敢舒一口气。

再没有高楼大厦阻隔,仍然灿烂温暖的阳光洒在十多个穿着英格兰球衣的男孩身上,五星级大酒店门前的停车场里,他们正在追赶着一个足球,看样子最小的不到十岁,几个酒店职员一边观察着他们,一边用对讲机通话,虽然神情紧张,却没有干涉球迷们的活动,周围连一个警察也没有。数个年长一点的女孩站在一旁,倚着酒店旁的栏杆呆呆地等待。过了一会,陆续有人从小桥走下来,本来踢得兴起的男孩们和他们聚在一起,众人开始交换情报,我走近他们身旁,偷听他们的对话。

"小贝刚刚回来了。"一直留守在酒店的其中一个男孩说。

"还有多少人还未回来呢?"

"××也回来了。"(听不清楚他的发音)

"你何时会离开?"

"不知道,看情况吧……"

男孩们拿出满布球星签名的英格兰球衣向同伴炫耀(有些本来已经穿着一件满布球星签名的英格兰球衣):"这个是小贝的签名。"

"我还没拿到兰帕德的。""这个是卡拉格的,他算好人……"

这些家伙究竟在这里待了多久?他们的父母在哪里?国家队在五月三十日便到达曼城进行第一场热身赛,今天是六月二日,这段日子他们一直在这里吗?要不然怎么得到差不多全队的签名?真是天外有天,人外有人,原来不止我一个球迷如此疯癫。

下一秒钟,我已经回到街上,当然不是打算回酒店去——我在陌生的大街小巷里穿梭，找寻一支签名笔，准备让球星们在我的衣服上签名。

一切开始变得超现实，更超乎想像的是在此时此刻遇见她。我的梦境成真，多亏得一个素未谋面的女孩，常常在 google 上搜寻有关英格兰和切尔西消息的我，机缘巧合找到了她的个人网志，差不多每一篇也和我的 dream man 和 dream team 有关。我只知道她是曼联的忠实拥趸，同时十分迷恋切尔西的兰帕德和特里。根据她在网上日志上写的东西，我估计她应该住在曼城附近……

她是那种会为了自己喜爱的球队，从比利时移民到英国的女孩，她的网志是我过去三个月最重要的精神食粮之一，没有她，我根本不会知道有这场热身赛。

我带着签名笔回到 Lowry Hotel 的停车场时，她正靠在酒店旁边的栏杆，沉默地等待着。

她当然不认得我，我也只是因为在网上见过她化浓妆、试新裙子、戴着足球耳环的照片才认得她。而且，除了临行前忍不住写了一个 comment 多谢她，我一直没有在她的网志留过言。后来，她回复了我，我们之间唯一的通讯，就是这客气的致谢辞。

跟她"相认"不会带给我什么好处，但不知为何，我很想跟她"相认"。

终于，我鼓起勇气走过去，念出她的名字。

她疑惑地望着我，在那一刻，我才知道自己一直读错她名字。

"Ellen?"

"I am the girl who come from Hong Kong."①多么唐突的一句开场白。

我们谈了一会，她告诉我昨晚才送了一份礼物给特里刚刚诞生不久的孩子，还向我炫耀她和他的合照。

也许那一刻她关心的只是特里，但我忍不住惊叹这种运动竟能把相隔千里，发肤、眼睛、语言、口音也不同的两人联系起来。

"外面的商店都关门了，那些球星应该全回来了，他们未必会再出来。"她向我兜头泼了一盆冷水，可是她自己也没有立刻离开。

太阳渐渐下山，我们没有再谈话，她愉快地和同伴们交换情报。我望着他们手上的相簿，听着他们的笑声，忽然很想说《无间道》中陈冠希看见余文乐被警校赶出去时说的话："我都好想好似佢咁（我也很想像他那样）。"也许一般人知会用四个字形容她——"冇人冇物（身无长物）"。她的嗜好是写网

① 我是那个香港女孩。

上小说,梦想是成为职业作家,但不知何年何日才能达成这个梦想。她没有男朋友,没有很多人追求的事业成就,只有一份仅足够糊口、买球赛门券和球赛后喝一杯的短期工作,有时还会入不敷出。(其实她刚刚辞了职,距离新工作开始还有一个星期,刚好够时间让她看两场友谊赛……)也许,成为她最大的好处只是能够住在英国,距离我最爱的球队很近很近。

但她不是孤独的。

她和网上别的足球"粉丝"自成一个群体,互相扶持,听起来有点像《电车男》的桥段,其实温馨得很,我在那个群体中看见了爱和关怀,尽管她们不是什么"社会栋梁"。

每逢过了一个难关,朋友们总喜欢自嘲说:又向着成为"社会栋梁"这目标迈进了一步。的确从小到大我们也不知不觉地向着那个方向前进,由小学升中试开始,到中三分科试、会考、大学入学试、大学考试、做暑期见习生、找training contract,没有人敢行差踏错。如无意外,要是我们真的没有犯错,很快便会得到叫父母老怀安慰的高薪厚职,成为处理几千万、甚至几亿万元交易的专业人士,工作繁忙,每天可能要在办公室留到凌晨三时,但不要紧,赚这么多钱,大概十多二十年后便可退休了。有幸在周日、公众假期睡到日上三竿后,还可以和朋友逛逛名店,吃个 high tea,或与平时没有多少时间见面的男朋友吃一顿饭,谈谈新食肆、股票、买车、供楼、结婚、升职、错过了的电影、没有时间看的书……

我甚至能够听到人们心中的说话"生命本该如此"。

人的价值、生活的质素到底是不是真的有一条既定公式?

扯远了……"It's David! It's David!"一辆不算显眼的私家车驶进停车场,本来还在踢球嬉戏的顽童们立刻停下所有活动,大喊起来,十几个人开始以车子为目标拔足狂奔,现场的情景就似韩星阿 Rain 光临香港机场。

"追还是不追?"我用了一千零一秒考虑——我付了几千元,千里迢迢从香港飞过来,没有理由浪费任何机会吧?(虽然在那一刻我也不知那是什么机会。)人人都开始跑了……追啦!

我示范了真正的羊群心态。

机灵的司机没有停在前门,我们便追着它到酒店后门,可惜保安们尽责地包围着车子,掩护着那个"闻说"是小贝(真的看不见他的容貌)的男子进入酒店,众人有点泄气,"切!"的英文版话音未落,第二辆车子又出现。这一次,车子居然朝着酒店大门的方向而来,这下大家都看得一清二楚——司机是鲁尼。男孩们如蜜蜂发现蜜糖般扑向车子,一边喊着"Wayne! Wayne!"然而,他没有慢下来，还急急转弯，这次我真的懂得害怕了，没有和他们一起追。无论情况多险峻，他们始终不要命地贴着车子跑，最后，把可能是球队中最冲动和脾气最暴躁的鲁尼围困在酒店大门前。

银白色的车子在阳光下很耀目，和鲁尼黑得像炭的脸色成一强烈对比，不知为何，叫我想起当年还会开快车的谢霆锋。

"Wayne! Wayne!"男孩们挤在车前，一边挥动着满是签名的球衣，一边大叫着，眼睛充满期待，但鲁尼始终没有下车。

过了一会，在保安的帮助下，他终于照办煮碗从后门进到酒店。"他刚把中指伸出来！"我听见站得最前、看得最清楚的顽童这么说，我的脑海里不期然浮现八卦周刊上艺人对狗仔队做出的不文明手势，想想刚才的情景，其实险过剃头，万一鲁尼的驾车技术糟一点，为了闪避迎车头赶上的"粉丝"，失控翻车，他们岂不是害了这个球员，害了他们的球队？

万一鲁尼不幸撞到其中一个球迷……

英格兰足球队是一个和我共度了不少艰难岁月的整体。二十二个球员中当然有些较俊俏，有些球技较出众，有些常常"累街坊（因球技不行而连累队友）"，我当然也有自己的心头好。但在他们比赛的时候，我一直衷心爱着每一个穿上那件白色球衣的人，看见任何一个球员被踢中时也会觉得心痛。

抚心自问，我从来没有把他们当作一个个明星（即使无可否认的是，他们真的是明星）。

我忽然很想对众人问一句："What the hell are we doing?"或者正确来说是："What the hell am I doing?"到底我在做什么？我本是来看球的，我本来只不过是一队球队的支持者，怎么这一刻又把自己变成在红馆前聚集、以血肉之躯阻挡某架保姆车离去的小"fan屎"其中一分子？

我问Ellen："你们明天还会来吗？"

她的答案是肯定的。

当我还在酒店门口不知如何是好的时候，一个看来只有十二三岁的男孩忽然走到我面前，问："Are you Chinese?"

我说"是"，他却说了一句我不懂的话。我唯有说："I don't understand."他把同一句话多说了一遍，这次我听到个大概，但不相信自己的耳朵。我像个傻瓜般坚持自己不明白他说的话，终于，他再说一遍，然后用响亮清晰的声线问"It means 'fxxk your mother', right?①"

---

① 我刚才说的中国话是"×你妈"，对吧？

不知是福还是祸，我始终听不清楚。

"No."除了说"不是"，我想不到还可以怎样回答。如果我承认他真的成功问候了我的母亲，为了捍卫自己的尊严，我必须立刻以一句同样恶毒的粗话回应，接着必定是打架收场。

"No?"他有点诧异，竟然开始跟同伴不停重复发出那种他以为是广东话粗口的声音，嬉笑起来，那个笑容还有点天真无邪，仿佛"问候别人的母亲"是天经地义的事。

我的心底里怀着一丝希望，希望他只不过是学了中文粗口苦无用武之地，刚才不过想开个无聊玩笑。否则，除了侮辱我的母亲，他还侮辱了我的国家。

我们站在同一个地方，支持同一队球队。这样的球衣我也有一件，为什么……

男孩的说话替我兴奋的心情蒙上了一层阴影。

Emilia

"这是世上最美丽的城市，比伦敦更美丽。"我的巴西籍同房 Emilia 这样对我说。

我不是自由行常客，不敢主动跟同房搭讪。也许，Emilia 是可怜我才跟我说第一句话的，那时，我的脸上一定写着"又冻、又饿、又累"几个字。

第一天的黄昏，我离开 Lowry Hotel 后又迷路了，好不容易回到地图上出现过的街道，竟找不到一间快餐店，经过某些餐馆又发现里面挤满穿着晚装的男女，在路边酒吧以啤酒裹腹，酒保还要怀疑我未满十八岁！

回到旅馆已经累到不能动了，洗澡时却忽然没有水。把乞求爱理不理的职员帮忙的时间计算在内，我用了一个小时洗这个澡。洗完澡后，我坐在窗边，仿佛看见对岸的露天表演场地上空升起几个火球，我立刻下楼跑到河边，眺望对岸，只见一只吊臂吊着一个个带着火焰的巨环，巨环下有一只数层楼高、用铁皮制成的大毛虫，还有几个背上贴上了翅膀、像蝴蝶般在火环间穿插的空中飞人，情景如梦似幻，叫我看得目瞪口呆。

过了一会，表演完结了，我回到房间一边啃着从自动贩卖机买的难吃曲奇，一边按摩酸软的肌肉，觉得自己有点像电波少年。

就在这时，坐在对面床位的女孩对我说："我有东西吃，你要不要一点?"我礼貌地婉拒了。"我叫 Emilia。"她热情地和我聊起天来，原来她在三年前来到曼彻斯特市念硕士学位，今次专程回来看 Bon Jovi 的演唱会和"look around"①。

那时候我还未明白，她已在这个城市读了整整一年硕士，怎么还要回来"look around"。我告诉她我是来看球赛的，是英格兰球迷。

"你喜欢足球吗?"

"嗯，不过不是很沉迷。"

我有点好奇："你喜欢哪一队?"

"当然是巴西。"她理所当然地说，我想到自己的肤色，竟有点心虚。

房间里的其他女孩——一抹上浓妆，穿着短裙离开。"This city is famous for clubbing.②"她这样解释，我们相约在第二天晚上一起到市内的酒吧游玩。

把时钟拨快一点，来到第二天(六月三日)的黄昏，球赛结束后，我拖着更疲惫的脚步回到青年旅社，Emilia 真的在那里等着我。

"那场比赛怎么样?"我把六比零的赛果告诉她，她不停说"great"。

"巴士之旅怎么样?"她说过会乘坐观光巴士在市内游览，像个初到贵境的游客。

"Great!"一谈起这个城市她便双眼发光。"等我一会。"看着她仔细地涂上眼影和口红，我有点不安，我不过是想喝一杯吧，这位小姐看来真的立定心志要狂欢作乐，看看自己脚上的 Converse，想到很多夜店都不准穿球鞋的人进去，连累她便不好了。

"看!"

我们徒步走到第一天让我碰见杰拉德的摩天轮旁的街道，宝蓝色的天空下，四周关了门的商厦、酒吧和已经停用的摩天轮都亮灯了，我们在灯火的中央，犹如置身在明信片里。

没有铁塔、没有凯旋门、没有任何值得记在旅游书上的景点，欠缺东京街头的七彩霓虹，也不像北欧童话故事里的街道。

附近的大厦大多只有十几层高，没有一柱擎天的压迫感。街上的人不多不少，从每栋建筑物渗出来的柔和白光，刚好足够照遍每一个路人。街道不太吵也不太静，偶尔传来几个准备狂欢作乐的男女的笑声。

作为一个在霓虹下长大的香港人，不是未见识过这种辉煌，但从没有任

---

① 观光。

② 这里以酒吧夜店而闻名。

何一个城市给我如此安宁的感觉,那种震撼,笔墨难以形容。

"人们常常问我在曼城干什么好。"Emilia 骄傲地说。"你看,这是个多么美丽的城市。"

没错,不逛街购物、不"蒲巴劈酒"(泡吧酗酒)、不坑摩天轮,就这么沉醉在如此良辰美景中,已经是很大的享受。

当然,这是我的偏见,因为和 Emilia 一样,我曾经在这里经历过"爱情"……

六月三日白昼

经过前一天的 fan 屎杀人事件,反省是有的,但第二天我还是老早便再次出现在 Lowry Hotel 的停车场,不出所料,四周全是熟悉的面孔,包括 Ellen、她的紫色头发友人和昨天胆敢问候我娘亲的小子。

第二天在酒店停车场等候的人较沉静,再没有人踢球,每个人的眼睛里也充满着期盼,目光朝着同一个方向——酒店门口。虽是天朗气清,但寒风比前一天还要凛冽,我快要冻僵,只有不断幻想着一会儿球员出来时在身上的球衣签名的情况,才能支持下去。酒店职员们神色紧张地在我们附近徘徊,偶尔听听对讲机,同时尽责地阻止任何一个球迷接近酒店大门。一个好心的女职员见只穿着短袖球衣的我冷得全身颤抖,微笑着用手势示意说:"穿回外套啦,还要很久他们才会出来啦!"

时间一秒一秒地过去,我知道自己再不出发往球场去,可能连热身也来不及看了。

在我接近冻死异乡、比赛还有两个小时便开始的时候,球员们终于出来了,我们只能在一段距离外看着他们登上旅游巴士,周遭的男孩喊破了喉咙,球员们始终没有停下来。旅游巴士很快被开走了,好心的酒店职员像在说:"玩完啦。"

那天早上,我和 Ellen 没谈过一句话。球迷们向着四方八面散去时,我听见她和朋友们准备截计程车,那一刹,我真有冲动跟她们一起去,但心里有一把声音告诉我:"我不是她们的一分子。"

接下来的遭遇证明我的抉择是错的:我用尽力气急行到最近的车站,月台和列车上早已挤满人,等了两班车才挤得上,下车后我尽全力奔跑,可是越过那条通往老特拉福德球场的大马路、进入球场、找自己的座位时,球星们早已开始做热身运动。

我记得英格兰在那场比赛大胜牙买加六比一，记得特里入了一球、高佬Peter Crouch在上演帽子戏法后以"机械人舞"庆祝——这些本是戏肉（精彩部分）。奇怪的是，叫我印象深刻的不是这些……

　　叫我印象深刻的，是那条通往老特拉福德球场的大马路上卖国旗和其他印着"St. George"标志的纪念品的路边摊，和那些喝得满脸通红、唱着歌的球迷。场面热闹得像嘉年华，但因为时间紧迫，我没法停下来和他们唱同一首歌，连一张照片也没有拍下。

　　我还为了错过十五分钟的热身而悔恨不已，以为会悔疚终身。

　　比赛后，我不知道在哪个出口等候球星，像盲头苍蝇般乱冲乱撞，怎知道当找到适当的出口，挤进等候球星的人群时，竟发现Ellen和她的朋友站在一个一定能够跟球星接触的完美位置，果然是识途老马。保安把人群赶到两边，留下中间一大片空地让球星离去，我和其他迟来的球迷被挤到后面。等了不知多久，球员们才逐个出来。我们使劲地喊叫他们的名字，但没有多少球员愿意走到我们那一边，唯一肯屈就来签名的是六尺七英寸的高治克劳奇。不知是缘分还是宿命，我的四周又充满着可能连十岁也不到的小男孩。

　　特里从球场出来时，我不顾仪态地跟他们一起拼命喊"John! John!"，他却和其他球星一样，替另一边的人群签完名便离去。

　　简单来说，我记得的只有遗憾。

　　太阳的光线渐渐微弱，我又回到那条本来热闹而混乱的大街，街上依然混乱，但不再热闹，地上遍布啤酒瓶和垃圾，满目苍凉。

　　我仍在问自己那问题：要是我厚着面皮请求Ellen和她的朋友让我跟她们分享同一辆计程车，故事会不会就此改写，那些难以磨灭的遗憾是否完全不会出现？可是……

　　不知走了多久，我才回到车站，大部分人都去买醉或回家了，我顺利在车厢坐下来，眼前像铸模般全是满脸通红、穿着球衣、顶着大肚腩的"传统"白人球迷，我总觉得自己和他们格格不入。的确，足球是所谓的"蓝领白人的运动"（"a sport for working classwhite men"），这运动起初就是为他们而设的。

　　"There were 5 German bombers in the air!"其中一个球迷忽然唱起来。（"天上有五架德国轰炸机"）

　　"There were 5 German bombers in the air!"

　　其他人纷纷跟着唱起来，即使没有开口唱的人也微笑看着他们，像差点要替他们打拍子，一时间，车厢里的气氛热炽得像球场北座。

　　我忽然对这几个"麻甩佬"多了一份亲切的感觉，曾经在考试期间无聊得在 youtube 上看英格兰"粉丝"们自制的打气片段,我应该听过这首歌的,大约有十段,每段的下半部是"and the R. A. F. (皇家空军) from England shot one down ......",由"十架战机"开始,一直数到剩下一架,全数被英军击落。这首很明显是第二次世界大战时的民谣,不知从何时开始在球场出现变作打气歌,这届世界杯在德国举行,正好给翻炒助庆,尽管调子很轻松,却洗不去点点国仇家恨。

足球这种运动就是特别在这里,因为广泛,几乎世上所有角落的人都会踢足球,它渐渐和我们的文化、历史,甚至国与国、族与族之间的争斗扯上关系。

在他们的歌声中,德国战机一架一架给击落,我忽然感到一阵寂天寞地的孤独。

我是谁? 在这场战争中有我的位置吗?

我心知肚明——我是炎黄子孙,我的祖先没有对付过德国佬,他们是打日本仔的。刹那间,Ellen 和她朋友的样子、那个用广东话招呼我的鬼仔、用奇怪的眼神看着我喊"John! John!"的男孩子、街上穿着球衣的民众在我脑海中一一掠过,我一直苦苦寻觅的、差点到手的归属感仿佛给炮火炸得粉碎。

我是个不属于任何群体的异类。

究竟找寻了多久? Year 1 在宿舍迎新营被迫喊口号、日晒雨淋、通宵不睡觉,在最后一天晚上趁其他人跳舞狂欢时像做贼般潜回自己的房间,卷起几天前搬进来的棉被漏夜逃出宿舍。几个月后面对着剧社的人像哑巴一般,搭不上一句,魂游到不知哪个太虚。上课时望着身旁低着头勤力抄笔记的同学们,即使天天相见,也觉得他们比中学时补习社的同学还陌生。不知从何时开始,我怎样努力也无法投入任何团体。

但是穿着那件英格兰球衫在 Deansgate 逛街时,我竟有种难得的"家"的感觉。只差一点我便能相信自己是他们的一分子了。

香港回归中国的那一年,我只有十三岁,真的没有什么"殖民地情意结"。唯一能够解释这种感觉的只有"爱",我和他们分享着对同一支球队的爱,逐渐地我开始爱上这些和我一起呐喊的人。亲身体验,喊口号、做动作、唱歌这些行动是迫不来的,year 1 时宿舍俗称"dem. cheers"的斗喊口号大赛,稳坐我最厌恶的事情头三甲。

没有感情,何来感动? 偏偏这个世上太多人喜欢迫人感动和激动,真正能够使我每次听见也感动得起鸡皮疙瘩的歌,像《天佑女皇》,却不该从我的口里出来。

冲出列车的一刹那,我的感觉像失恋。

离开是为了回来

我很失落,但看来 Emilia 比我更失魂落魄。

这个女孩没有喝酒也仿佛有点醉,她带领着我步行到市中心后便开始认不得路,看着她迷惘的神情,我有点担心。"我们要到哪里去?"

"我记得以前有一间叫×××的酒吧……你想到那里去吗?"

"没所谓。"

"以前还有另一间酒吧,那里的音乐很动听。"

结果,我们找不到她所描述的酒吧,又如我所料被一些门前排着长龙的夜店赶出来,Emilia 仍然很想跳舞,唯有听其中一间夜店的打手的话,到 Hard Rock Cafe 去(我从未听过有人在 Hard Rock Cafe 跳舞的)。

折腾了这一阵,我和她终于各自买了酒,找到位子。她跟我谈完从市中心到机场的交通、hop-on-hop-off 巴士的票价、巴西的就业率后,终于说起前男友的事。

她是在曼城念硕士时和他邂逅的,她回到巴西后不久,两人便分手了。"He has moved on and I have not.①"她说在她的心目中,他仍然是世界上最好的男人,她回国后遇见的所有人也比不上他。我终于明白为什么总觉得这个女孩怪怪的——她说的每一句话都和以前有关,每一秒钟都在缅怀过去。她留恋这里的一草一木、每一栋大厦、每一间酒吧,爱得要乘观光巴士游览这个曾经是她的家的城市。

她一直停留在三年前的曼城。

自己呢?我又停在哪年哪月哪个时空?

正当气氛开始沉重起来,两个陌生的中年人忽然走过来跟 Emilia 搭讪,他们谈得很愉快,旁若无人,酒吧里的音乐越来越大,最后 Emilia 和几个酒客在座位附近开始跳起舞来,原来真的有人在 Hard Rock Cafe 跳舞的。

第二天乘的是早机,我辞别了玩得兴高采烈的 Emilia,沿着青年旅馆后的河流走回去。这一晚没有什么空中飞人,一切回复平静,月明风清,Emilia 说得不错,这是个美丽的城市,但我们都有路要赶,只是过客,无论多么喜爱这个地方,迟早也要回去。

---

① 他已经离开走远,而我还停留在过去。

我不会忘记这个城市,不会忘记那个我始终嫌贵而没有乘坐的摩天轮、那个没从头看到尾的杂技表演、得不到的 John Terry 签名、错过了的十五分钟热身、因为时间紧迫而赶不及逛的街喝的酒……摘不到的星星永远是最大最亮的,但无论如何,也许是时候跟 Emilia 也跟自己说一句:"Move on① 啦!"

火车随着窗外的朝阳狂奔,还有几分钟便要离开这个叫人梦牵魂萦的城市,我的耳边又响起《我的快乐时代》的歌声……

伴我同行

"Move on"的意思因人而异,对又悲剧地在世界杯中败给葡萄牙出局的英格兰国家队来说,当然是打好未来一届欧洲国家杯的外围赛,尽全力争取2008 年决赛周资格。

对我来说,也许是……打好这份工。

我整理一下身上的黑色西装,拿着讲稿走进会议室中。

这是暑期见习生必须做的报告,表现直接影响公司给我正式见习生合约的机会,我的内心当然紧张,但这次和以往不同,紧张中带着兴奋,只因为这天我要介绍的,不是什么自己其实不太清楚的闷蛋知识。

我环视房间里的每一张面孔,深吸一口气道:

今天我要说的,是一个关于英格兰国家队的故事。

我按了一下手提电脑的按钮,众人眼前出现一张投影片,红白色的背景上是十一个球员的合照。

"不知道多少人本来就喜欢看足球,多少人是不由自主地被卷进这四年一度的世界杯狂热里的,但和世上所有源远流长、历久不衰的事物一样,每一支球队背后也有它的故事,如一出舞台剧或长篇电视剧,有好人、有坏人、有主题、有高潮、有低谷,而这一出 'The Story of England' 充满了戏剧性,我从1998 年开始追看……"

这间公司要暑期见习生做的报告虽然不限主题,大概从来没有人在公司里用 powerpoint 展示过小贝的相片、圣乔治国旗和自己家中的球衣的,我觉得很好玩,越来越振奋,一边说一边手舞足蹈,十分钟过去了,才发觉自己一点也没有看"猫纸"小抄,每一句话都是自然流露。

---

① 离开。

当然有其他听起来更保险、更"安全"的主题，像另一个见习生便介绍了一本关于企业管理的书，但我很想为自己和英格兰做点事。我在这间公司开始做暑期见习生的时候，英格兰已经在世界杯出局，荒谬的是，我在英格兰对葡萄牙一役的前一天接到成绩表，竟然得到意想不到的好成绩。凝视着那些英文字，眼眶不禁有点发热，我想起那段上午在自修室读书，中午回家一边吃饭一边看英格兰短片充电，下午又回到自修室继续努力的日子，每次温习到心灰意冷，脑海中便会浮现 2004 年到曼城时它留给我的回忆。

那是学士课程中的最后一个考试，而我有在重要考试时"精神失常"的前科(哈哈)，没有特里、小贝、杰拉德，也许我真的没法捱过那段日子，就算捱得过，一定艰难十倍。

在真正应考前，朋友发送了一个短讯给我："If JT can lift the trophy, you can also do it.①"

如今英格兰出局了，唯有寄望 2008 年欧洲国家杯、2010 年的世界杯，我则被送进这个会议室，又要为未来的生活奋斗……

最后一张投影片播放完毕，我面红耳热的站在那里说"Thank you"，有生以来从来没有做过一个叫自己如此享受的报告，也从来未听过别人如此热烈的掌声(虽然也许是幻想出来的)，那一刻，像黄伟文在叱咤颁奖礼上用的譬喻般，仿佛和英格兰国家队踢了一场好球。

那一刻，"迷恋"和"现实"终于融合。

后来，每当我拿着那份见习生合约，想起那次报告，便会记起一个事实——尽管我和我心爱的球队前面要走的路截然不同，但我们都不是孤独的。

后记——英雄路

我从英国回来，三个月后的这一天，弗兰克·兰帕德(Frank Lampard)刚刚在切尔西对布莱克本流浪者流浪一役中射入一个十二码(点球)。

不是英格兰、切尔西加兰帕德三料拥趸，不知道这个罚球多么特别，这是他在世界杯完结后射入的第一个十二码。他如何在世界杯里对葡萄牙一役中"宴客(点球未中)"而成为罪人，所有球迷有目共睹，但你们可能不知道，一直是英格兰的御用"刽子手"的他，在世界杯前其中一场友谊赛中也射失过十

---

① 如果约翰·特里能赢得荣誉，你也行。

二码，而且状态一直低落。如果我是兰帕德，在整个世界杯中错失了那么多机会，临门一脚又把球队送进半个地狱，一定自觉无颜面对江东父母，再没有勇气站在龙门前。

可是刚才对手侵犯特里后，兰帕德又为球队切尔西射十二码。

我怕得像小时候看《包青天》时，看着好人面对"狗头铡"，急忙别过头不看荧幕（小时候的我会躲到沙发后或书房里，现在已经有所进步）。实在太残忍了！他再射失，切尔西的球迷未必会舍他而去，但对他来说会是更大的打击吧。

这时，我听见从电视传来的欢呼、喝彩、起哄——他入球了。

我连看也不敢看，他却敢射。你可以说，他不能不射，射十二码的球员通常是赛前由教练钦点的，但我相信他有选择权，可以对教练说暂时没有信心射十二码，毕竟他身旁还有身价差不多、新加盟的球星舍甫琴科和巴拉克可供挑选。

然而，他没有逃避，他有他的执著。

中学时打学界篮球赛，我是后卫，非常喜欢在底线附近、队友们说笑是"零度位"的地方投篮——只要幻想篮球场的那个半圆形是个量角器，便会明白我在说什么。通常对手都预料不到你会在那里投篮，不会扑上来，空间较多。有时我的命中率很高，特别在没有压力的时候，使队友误以为我是那个位置的神射手。可惜他们错了，其实我在没有压力时才是神射手。

在某场比赛里，我不停在那个位置射失，不用回头看也知道队友们多失望，连教练也破口大骂："你在干什么？"我不想再在那里投篮了，到后来，我简直不想再投篮了。

球员或曾经是球员的人必然知道，没有信心的人是不会入球的，被换出场是最好的结局。

自少恃着小聪明，读书考试无往而不利，有时不免沾沾自喜，篮球却让我醒悟——原来本人面对逆境时是一无是处的。运动场是英雄地，为什么有些人能够坚持到最后，有些人不能？为什么有些人在四面楚歌时也能够那么勇敢？他们怎能有那样的自信心，相信到头来自己始终是英雄，不是狗熊？

外国人常说："我年轻时很仰慕某某人。"（"When I was young, I always looked up to . . ."）球星在访问中和自传中都喜欢谈及他们的"childhood heroes"。问一个外籍小孩"Who is your hero?"差不多等于用中文问他："谁是你的偶像？"可是"英雄"和"偶像"是不同的。

"偶像"不过是"YES!"或"YES! IDOL"上那些模糊的影子，"英雄"却有替人出头的意味,想做而不敢做的,应做而没有做的,尝试做过而力有不逮的,由"英雄"替我们圆梦,提醒我们内心有这些空位,再填补它们。

这个世界或许已不再需要英雄,但我需要。可幸的是,从小学时在武侠小说中窥探那些隐隐约约的英雄本体到现在,我的生命里从不缺英雄,他们的身影永远是那么高大,有点高不可攀。有些当头猛喝叫我"make a difference"①,有些用"身教",都比学校、家长和社会有效,能不能学以致用是另一回事,至少,我记得应该这样做人。

流行曲"Forever Young"中有两句是这样的 "Let us die young or let us live forever. We don't have the power but we never say never."②我几乎每次听到这两句都会想起英格兰国家队射十二码的情景,那个最后的胜利不知要等多久,但如果连兰帕德都能继续射门,如果这世上真的有跌倒再站起来这回事,也许有一天我们终会等到。

---

① 做些改变。

② 流行曲《永远年轻》的歌词:"让我们年轻时死去,或让我们永生于世。我们无力违背天意,但我们从不愿自我放弃。"

Mrs. Special

有一些人，其实不是迷恋的对象，我对他们的感觉是什么，到现在我还不能解释，但他们的帮忙、他们在雪中送来的炭、他们的魅力，影响了我的一生。跟他们建立的关系，迫着我成长。

像"Mrs. Special"。

她不应该出现在"迷恋"CV 上，因为她不是一种 obsession，然而如果这张履历表描述的是"生命中对我影响最深远的人"，没有了她的名字，就像见工时老板问我"请谈谈到目前为止阁下最大的成就"，我立刻拂袖而去那么没有礼貌、那么不负责任。

"明朝万历十五年，风平浪静的一年，全年没有什么大事可叙，但那一年发生的小事，牵一发而动全身，改变了明朝的国运，对后世影响深远。从那一年开始，明朝由盛转衰，从那一年开始……

万历十五年，不过是很多史学家也会忽略，在历史上看起来平淡无奇的一年。"

以上是《万历十五年》一书的介绍，我还没有看完那本书，明朝的历史也和我的生活没有任何关系。我只想说，2000 年是我人生里的《万历十五年》，因为在那一年，我遇上了她——她不是明星，不是英格兰国家队队长，不是篮球队里的万人迷。

她只是……一个很"寸"的女人。

和一个很好的老师。

（幸好，和明朝不同的是，我的命运没有因为她由盛转衰，事实刚好相反。）

Mrs. Special

Part1   2000—2001

万历十五年

　　"明朝万历十五年,风平浪静的一年,全年没有什么大事可叙,但那一年发生的小事,牵一发而动全身,改变了明朝的国运,对后世影响深远。从那一年开始,明朝由盛转衰,从那一年开始……

　　万历十五年,不过是很多史学家也会忽略、在历史上看起来平淡无奇的一年。"

　　以上是《万历十五年》一书背面的介绍,我还没有看完那本书,明朝的历史也和我的生活没有任何关系。我只想说,2000 年是我人生里的"万历十五年"。

　　在那一年,我遇上了一个真正影响我一生的人。她不是明星,不是英格兰国家队队长,不是篮球队里的万人迷。

　　她只是……一个很"寸"的女人。

　　和一个很好的老师。

第一课

　　那是《K 歌之王》时期 (不好意思,听得太多惨情 K 歌了,不让我用流行曲来形容某个时候的心理状态,就像废了我的笔……),失恋的我是这样的:每天的例行动作是用涂改液在抽屉上涂上幽怨的歌词,一边看着窗外的斜阳,一边听着《遥远的她》(因为觉得以前喜欢的那个人已经死了),自怜自艾,行尸走肉,偶尔还会在日式超级市场买几罐果汁酒,上课前和损友偷偷在走廊对饮。回家后煲影碟煲到凌晨三时……

　　严重缺乏睡眠、神志不清的我,居然还模模糊糊的记得在七年前她教的第一课发生了什么事。

　　案件重组,那天该是这样的:

　　小息过后,中五丁班房里依然混乱一遍,同学们大声讲大声笑,较乖的同学拿出课本和文具放在桌上,但转瞬间便被别人碰跌了。黑板上从上一课残留下来的几何图形还未擦去,念物理和中国文学的同学陆续撤出课室,临走时还不忘拿起一件衣服、一瓶水、一包糖……"行李"多得好像要去探亲。一个迟了回来的同学拿着一盒柠檬茶冲进班房里，一边咬着吸管，一边大声说："喂，而家咩堂呀(现在在上什么课呀)?!"

她悄悄地走进班房，冷静地观察着乱成一团的众人，直到大家声嘶力竭，开始静下来，才在黑板上写上自己的名字，一边用动听而标准的英文冷酷地说："我是××，你们新的英国文学老师。我要在半年内教完《二十世纪短篇小说选》和十首诗，还要让你们做一些 unseen poem① 的练习。时日无多，你们最好合作一点。"

没有人作声。

"我知道 Miss Chan 已经教完了《威尼斯商人》，你们对那本书有没有不明白的地方?"

仍是没有人作声。

她继续问这群像木头般的中学生："你们完全没有不明白的地方?"

"我连自己有什么不明白的也不知道。"("I don't know what I don't understand.")我自言自语说。

她瞪了我一眼。

我唯有代表大家说："我不懂得写评论文章。"

"还有呢?"她皱了皱眉。

其他人纷纷坦诚地说："我什么也不懂。""我们不懂得回答问题。""我们不知道《威尼斯商人》的主旨。"

从何说起呢?

中四时的英国文学课是这样的：Miss Chan 走进班房，用猎鹰般的目光扫过每个同学的脸，叫大家心头一凛，接着打开《威尼斯商人》，开始一字不漏、原汁原味地念出每一句对白和注释，她从不会分析或解构手上的读本，我们也从未做过那种练习。这时，大家也垂着头各自"工作"：有些人在睁大眼睛睡觉，有些人在温习中/英文默书，我则在抄歌词——抄歌词是我们的"国粹"。坊间的青春片最虚幻、最不反映现实的地方，便是戏中从没有学生在上课时抄歌词。他们会传纸条、掷粉刷、打老师，就是不会像我们一般，利用 Pental 的 Milky Pen、Sakura 的闪闪笔、香味笔，工工整整地把流行曲歌词默写在美观而不实用的活页记事簿上……抄歌词的目的只有一个——打发时间。抄好两首歌词后，刚刚剩下五分钟思考到哪里吃午饭。偶尔，Miss Chan 会问一些我们不懂得回答的问题，当她发觉我们真的什么也不懂时，猎鹰般

---

① 不常见的诗歌。

的眼睛会喷出火来。不过不要紧，很快便"打钟"了，大家可以继续做白日梦、睡觉、抄歌词、温习其他科目，或按照计划到各食肆午膳。

会考课程包括评论《威尼斯商人》、十数首英文诗、《二十世纪短篇小说选》和 unseen poems，而我们却对她唯一教完了的《威尼斯商人》也一知半解。

我们都心知肚明，再这样下去，没有人会及格，因此，当我们听见 Miss Chan 去嫁人不教了，大家也很感激新郎哥。结婚当然是喜事，Miss Chan 的婚讯对我们来说更是天大的喜讯。

面对着新老师，我们还在起哄，仿佛觉得很好玩。面对着这泥沼里的一群，她又皱了皱眉，也许心中已开始盘算如何收拾这盘烂摊子了。

最后，她做了一件事，她做了那件事后，便不再显得那么酷了。她看了看点名表，想了想，对众人说："我怕我会忘记你们的名字，可不可以预备一个名牌，在下一课时放在桌上？"

那群三十多个十六七岁的中学生窃窃私语一会，都一起点头。

下一课前的小息，我发觉自己忘了造那个所谓的"名牌"，不知哪里来的兴致，我在一张 A4 纸上画上卡通人物"屎捞人"的眼耳口鼻，再写上自己的名字，把 A4 纸对折，竖在桌上。"屎捞人"是从前我传真到电台时用的署名，家中那个"屎捞人"公仔也不知承受了多少我的眼泪鼻涕，仍然屹立不倒没有给虫蛀烂，没有功劳也有劳。

外表冷酷的她看见我的名牌，好像觉得它很有趣，竟然微笑了，我的心里也忽然泛起一种像幼稚园生成功吸引大姐姐的注意力般的喜悦……

阔太

老实说，我从来没有留意过她的衫裤鞋袜，但每个人也对我说："她像个阔太。"根据各人在开学数星期以来的观察所得，她从不穿同一件衣服，手上常戴着闪烁不已的钻戒，驾驶的是红色奔驰跑车。还有传闻说，她在上某一班的英国文学课时，为了让学生们知道什么是面膜，把一块很昂贵的名牌面膜贴在黑板上。（香港的中五学生不是山区儿童，怎会不知道什么是"面膜"？可见这传闻并不可信。）

在我的印象里，中学老师和学生之间总是隔着一面墙，他/她不大清楚你，你也不大清楚他/她。虽然每天你面对着他/她的时间比父母还要多，每次他/她想直视你的双眼时，你总是回避他/她的目光，垂下头来扮抄笔记，然后继续思考午饭时去吃寿司、鱼蛋河还是奶油多。闻说曾经有学生在愚人节做过如下的实验:两班学生调换班房,老师来了,竟然完全没有发现自己面前的是中二甲班,而不是中二乙班,老师和学生的"熟稔"程度可想而知。在路上碰见,大家也未必认得对方。

所以即使我明白女孩子爱留意别人穿什么牌子的衣服、用什么颜色的口红,也很惊奇大家会这么留意她,也许她的风格真是太特别了。她给人最强烈的感觉是"寸","寸"是一个奇怪的字,在我的心目中,和嚣张不同,未必带着贬意。

她喜欢"恐吓"我们,一边拿着点名表点算功课,一边说:"哗,又系'L'字头啲人唔交功课!姓李、姓梁、姓刘嘅人醒醒定定呀(姓李、姓梁、姓刘的这几位同学给我小心点啊),再迟交功课,我扭甩你地个头丫!"("I'll unscrew your head!")

众人发出一阵笑声。

同学悄悄对我说:"又来了。"

"她上次说会掴甩我们的头("slap your head off"),真的次次不同,很有新意。"

另一位同学插嘴说:"还有扯("tear")。"她的忠实拥趸数过,她曾提出的炮制头颅方法共有掴、拎、扭、切、咬、扯六种。

"哗,你记住了她说什么来'恐吓'我们?痴线!"我忍不住大声对他们说——"痴线"是我的口头禅。她听到了,瞪着我说:"又说'痴线'?!"

我吐了吐舌头。大家开始静下来埋头苦干,却不是在抄歌词,而是在抄笔记。她说得快,分析人物性格、文字结构、故事主题,句句一语中的,我们也抄得不慢,一下子班房里只有她的声音与铅笔和纸摩擦时发出的"沙沙声"。

这时,她问了一个和故事有关的问题。像往常一样,"沙沙声"停下了,全班一片静默。

其实总有人懂得回答问题的,可是经过多年的训练和打击,我们也学会了沉默是金的道理。在班房里,从来没有七岁以上的学生会主动举手答问题。也许她只要像别的老师般看看点名表,随意叫一个名字,这段难过的沉默便会告终。

她再把问题重复了一遍。

同学们仍像木头般没有反应。

她忽然有点生气地说:"I really want to kick your ass."("我真的想踢你们的屁股。")

全班鸦雀无声，还是没有人理她。

她环视众木头，不相信这群人连被 "kick ass" 也没有反应，于是沮丧地说："Do you know where your ass is? YOUR ASS IS WHERE YOU ARE SITTING ON!"（"知道屁股在那儿吗？屁股是你们现在坐在其上的地方！"）

大家这才爆出一阵笑声。终于终于，班房又变得很吵了，最后不知道谁回答了那问题，还是由她自问自答，但木头们对这个嘴里时常说要"虐待"他们的人越来越有好感。

她还会无意说起其他事：私事、家事、国事——其中红色胶桶的故事算是经典。

"有一次我和丈夫到亲戚家里吃饭，驾车经过东区走廊时，迎面飞来一个胶桶。"

每个人都丈八金刚，究竟她葫芦里卖的是什么药？

"我们不能后退，因为后面还有其他车。我立刻叫他扭钛（转向）避开那个胶桶，可是它已经飞到面前了。幸好，千钧一发之际，我们成功转线（改变了方向）。"

"正当我惊魂稍定之际，忽然，眼前再出现那件红色的物件——那胶桶神奇地跟着我们的车子飞了过来。"

那一刻，全班的注意力都被她吸引过去了。

"接着怎样？"有人问。

"没什么，胶桶击中了我们的挡风玻璃。"她轻描淡写地说。"然后，在我们到达亲戚家的停车场时，发生了另一次意外。我和丈夫都不是泊车的能手，这次车撞到后面的墙。那天晚上，还有第三次'意外'……"

我们瞪大眼睛看着她。

"我对丈夫说：坏事不离三，既然发生了两个灾难，一定有第三个，而且它可能会很严重。于是，回到我们家的停车场时，我把车倒后撞向后面的墙壁，自制第三个灾祸。"

"什么?!"全班起哄。

她也仿佛为她们两公婆的愚昧笑起来。"当时他也同意我这么做，可是后来他竟然埋怨我撞得太大力，岂有此理！"

"痴线！"我冲口而出，幸好这个故事引来哄堂大笑，没有人听见我的口头禅。

她当然不是只懂得说笑和撞车的癫婆。从第一课开始，我们便接到完整而详尽的笔记，渐渐明白什么是"十四行诗"、《威尼斯商人》的背景、主题、角色们的内心挣扎,开始知道如何处理一篇 unseen poem,还在短时间内学习了好几个短篇故事(而且人也从某个故事里学会女孩子不应死缠烂打的道理),并慢慢懂得写一篇较像样的评论文章。

不知是那些有趣的、"善意的恐吓"真的奏效,还是她教得太好,我们不尽点绵力也过意不去,平素迟交功课的同学开始准时交功课,不交功课的也呕出几百字,上课像"入定"的学生开始面露笑容……按道理说"寸"的形象并不讨好,她却风靡众人,人们差不多为她组织起 fans club 来了。

Please learn how to spell "Shakespeare"

不少人也知道会考和高考等公开试有所谓"拉曲线"的机制,即使一个学生的表现不太出息,只要她/他"比下有余"——别人的表现更差劲,她/他最后得到的分数绝不会太难看。

有些老师在学校内奉行同一制度。

当全班的水准也叫人眼冤(都让人失望)的时候,某些老师的笔尖会开始迟钝起来,只会"剔(打钩)"或打交叉,写上五个字以下的评语,然后给稍为表现得好一点点的同学一个他们不值得拿的高分,使他们沾沾自喜,以为自己很了不起。

她来收拾这烂摊子的时候,却没有人能尝到一点甜头。每个人接到的都是充满红字的功课。错字便是错字,用错词语便是用错词语,文法错乱便是文法错乱……她绝不吝啬红墨水,也不会懒写评语。更过瘾的是,她的评语和她的说话一样一针见血而充满感情,有深刻的叹息、激动的尖叫、畅快的挖苦,当然,背后都是理性的批评:

我说:"Merchant of Venice is a story about friendship."("《威尼斯商人》是一个关于友情的故事。")

红笔字:"Please stop calling it a story, it's a play."("请停止称它为一个故事,这是一出戏剧!")

我说:"to discuss about her character ..."("现在让我讨论关于她的性格……")

红笔字:"to discuss, not to discuss about. No preposition."("阁下该讨论她的性格,而不是讨论'关于她的性格',请不要随意加上介词。")

我说:"He is not a truthful (诚实的) friend."

红笔字:"Was he lying? Or do you mean to say he is a 'true(真正的)

friend'?"（"他曾经说谎吗？你想说他是个'真正的'朋友吧。"）

我如此说："She is the heroin of the story."（"她是故事的海洛英。"——英文里海洛英 heroin 和女主角 heroine 只相差一个英文字母，我很明显搞错了。）快要昏过去的红笔字如此回应："No, she's not!"（"不，她不是！"）

看见我写了一句长达四行、没有标点符号的句子后，充满疑惑的红笔字会说："我建议你把整句抄下来，看看自己写了些什么。"

有点沮丧的红笔字："你知道 although 的正确用法吗?"

歇斯底里的红笔字："请学会拼写莎士比亚的英文名!"（很奇怪地，我常常漏了最后的字母 e）

最后，灰心但永不对学生绝望的红笔字总结道："你可以做得更好的。"（"You could have done better."）

当我们的老毛病发作，重蹈覆辙犯下超过五次的错误时，她的习惯是在错处的旁边以血红色的墨水、用大楷书写犯人的名字，加上感叹号（例子："SUSAN!!!!"），犹如她被我们气死前一声凄厉的惨叫。

当然，我举上述例子的目的不是把自己敬爱的老师塑造成教育界的古德明，只想说明我们的英文底子真的不太好，以致她本是受聘来教英国文学的，却先要改正我们的英语文法。

我们都清楚她不是吹毛求疵，看到那一页页的错字，自己也觉得难堪。

大家也知道很难在这一科取得高分，拿着那些充满红笔字的功课，互相取笑完毕后，不甘心如此无地自容下去，都开始发愤图强起来。查字典，找参考书，不断地查看自己的功课。终于有一天，分数由当初的不及格进步到八十分，红笔字也欣慰地说："写得好，有颇敏锐的观察力，继续努力吧。"即使某几句的意思依然有点混乱，对某个主要角色又着墨不够……

我们都期待功课上不会再出现血红色的大楷名字。到了那一天，我们会怀念它，我们会想起，原来奋斗也是个颇有趣的过程。

考试机器的自白

我是一部经过多年训练的名厂考试机器。

我对自己的学业成绩负责任到一个地步，在学校走廊里倚着栏杆是有点"扮嘢（装腔作势）"、郁郁寡欢地吸着××道废气，缅怀着从前甜蜜的片段时，也会忽然不自觉地开始计算要用多少时间温习三天后的历史科测验。

本来，我有一个明确的目标：念书、考试、工作、赚钱，和自己喜欢的人生活下去。

中五开始时,我忽然什么方向也没有了。我依然担心会考,同时又觉得考成怎样也不要紧了。我的自尊心和自信心跌至最低点,只想把自己变隐形。

怎么知道这个时候她又来呼唤我的名字了:"×××。"

我心里叹了一口气:有些时候,我宁愿她是那种只会念出课文上的每一个字母、一个问题也不问的老师,特别是在我很困、非常神志不清的时候。

而这一刻,她又在我半睡半醒之际杀了我一个措手不及,像突击测验般问道:"你快乐吗?"

我已忘了她为什么会问这个奇怪的问题,也许跟课文有关吧。(很明显,上一秒我在游魂。)

那一刹,其实我很想说些肺腑之言,可是我的英语会话能力还未到达能够畅所欲言,尽诉心中情的程度,便说:"我不知道。"

"你连自己快不快乐也不知道?"她微笑着对我说。

我无话可说。

也许一个人想把自己藏起来的时候,才最需要别人来告诉他/她,他/她是存在的,即使那个人只是不停地在问问题。

"又说'痴线'?"

"你们在谈什么?"

"告诉我,你对这个角色的动作有什么看法。"

她没有做过什么惊天动地的事,她只不过尽了一个老师的本分:尽力吸引每一个人的注意力,确定每一个人也在听,也在思考,了解每一个人的想法。最重要的是,她这样做的时候,你不觉得她在惩罚你。

名校生本应是最有自信的一群。

有时我们却是最怯弱的一群,知道别人对自己的期望,明知在公开试钓到几个 A 才算光宗耀祖,不辱师门;偏偏也很清楚从没有人能保证我们会拿到那些 A,没有人能保证前面的路是平坦的。

当别人在一头乌黑的负离子、二十三寸纤腰、限量版球鞋、名牌手袋上建立自我价值时,我们把自尊放在校际比赛、两年一次的公开试、名牌大学收生战等一场场最有自信的人也没有把握赢的仗里。这样的包袱是不是太沉重了一些?

也许是自找的,但无论如何,真的很难脱下这个包袱。我们总是战战兢兢的,有时候,更会张皇失措。

我们不想听见别人盲目地说:"你实得嘅(你肯定可以做到)。"

我们期待听见的是:"我知你'未够班(能力还不够)',但系我会帮你、教你,我相信你最后一定会做得到。"

她正是在这个关键的时刻送上一句"You could have done better①",接着咬咬牙,撸起袖子,跟我们一起作战的人。

也许会考真的是一个中五生的全部,尤其对一个生命其他范畴如爱情、友情也一塌糊涂,没有什么可寄托的中学生来说。英国文学是九科里其中的一科,因此,她帮助我考好这一科,便等于帮助我搞好了九分之一的人生。

这已是一个老师能为学生而做最伟大的事了。

Lonely Christmas②

日子过得很快,转眼是冬天,普天同庆的圣诞节。我和几个思想古怪、喜欢伤春悲秋的朋友们从小都对过节,特别是西方节日,有不切实际的幻想。

这不切实际、浪漫而荒诞的幻想是:所有节日都不用跟家人和朋友一起过。

不跟朋友和家人一起过,当然也不是自己一个人孤零零地过。我们渴望的是无论在圣诞、除夕、中秋、元宵等佳节也能和某某人二人世界。

幻想归幻想,到头来,多半还是落得在圣诞节时蹲在兰桂坊的人行道上灌啤酒,在除夕夜躺在客厅听礼炮鸣放,在铜锣湾与几张十年不变的面孔通宵唱卡拉OK的下场。

"这个圣诞真的格外悲凉。"平安夜,我一边按摩冻僵了的手脚,一边胡思乱想。有点无聊,有点神伤,记得假期后是一连串的测验,却不想开始温习。写字桌上放着罐装葡萄汽酒。罐子下压着一张纸——是她给我们的假期功课。

"The Christmas vacation is coming up and no doubt you are all swamped with homework and test preparation. So here I am just to make life more miserable as is your fate as F. 5s; please do the following for Eng. Lit . . ."("寒假来了,毫无疑问地,你们即将面对排山倒海而来的测验和功课。作为中五生,你们命中注定有此一劫。为了使你们的人生加倍的坎坷,我会给你们下列的习作……")

---

① 你能做到更好。
② 寂寞圣诞节。陈奕迅的一首经典歌曲。

她还吩咐我们在第二句的"I am"和"just"之间加上"as amessenger of fate"（"作为命运的使者，为了使你们的人生加倍的坎坷，我会给你们下列的习作……"）。

这个人，真的永远也不会放过任何能幽我们一默的机会。

这也好，反正我失恋了（那时我好像已经失恋了几个月，始终摆脱不了这个阴影，或不忍放过这个让我名正言顺地伤春悲秋的借口），我很空虚，来让我开始做功课吧……

也许无论我空虚与否，有没有失恋，我也会很认真地对待这一份功课。

因为不知从何时开始，我已情不自禁地和会考英国文学这一科堕入爱河了。

（只限会考英国文学那些没有什么生字的短篇小说，我肯定当时自己没有和其他艰深的文学巨著产生触电的感觉。）

在这段日子里，我的生活其实无比充实，而且出奇的惬意。

对当时的我来说，英国文学课是除了《我和僵尸约会》开拍第三季外（那时候我疯狂迷恋这个系列的电视剧，也许正因为它超现实——我最讨厌现实），唯一值得期待的事情。我还渐渐发现，有这种感觉的人不只得我一个。我念的是文理科混合班，每次英国文学课后，理科生和念中国文学的学生回到班房，总会看见一个反常的情景：一群理应十分渴睡的学生，过了一小时的双节课，竟然比未上课时更精神，手里挥舞着她们的英国文学课本，像赢了六合彩般兴高采烈。

寒假过去了，很快到了农历新年。

从十月开始，每个星期二她也在早会前替我们补课。

没有学生喜欢补课，但上一位老师留下来的烂摊子实在太烂，严重跟不上进度，所以大家也对牺牲三十分钟的睡眠时间没有什么异议。在商讨补课的时间时，我们才知道她是每个星期只需要回校工作三天的兼职老师。

"二十号有中文科测验、二十三号有历史科测验、二十五号有电脑科测验……你们到底想怎样？"她看看月历和一双双举起的手，沮丧地问我们说。

因为班里每一个人也念不同的科目，安排补课时间比约心仪的陌生女孩/男孩吃饭更艰难。

"年廿九吧。"一个同学建议说。

"我是人家的妻子，要办年货，要负责大扫除！"她忽然说中文。

大家立刻起哄，没有人能想像她拿着鸡毛掸子打扫、开油锅炸角仔煎堆的情境。

她瞪了一眼这群不信她会做家务的学生："我给你们一个选择，take it or leave it！"

这个人的确使我对教师整个民族改观，可是，很明显她不是那种挂着漆黑的长直发、满身书卷气、温文尔雅、温婉动人得叫人觉得对她说话大声点也很不敬的老师，也从来没有表现出一般人认同的模范老师的态度——鞠躬尽瘁，死而后已。相反，她常常摆出一副不近人情的样子——"请不要进占我的私人空间"、"请不要浪费在下宝贵的青春。"或者："我一边修改你们的文章，一边把家中的提子饼、果汁糖和巧克力都吃光了，害得我的体重直线上升，请不要再这样折磨我了！"、"面对着你们无穷的错字，我快要扯甩自己的头发……"

她对学生的关心和细心，很不着痕迹，不着痕迹得，多年以后，我记起那些微小的时刻，才懂得感动。

她曾经半开玩笑半认真地说："我那一扇门永远为你们而开，因为我永远是开门的人。"（"My door is always open for you because I'm always the one opening the door."）学生要到教员室找老师，必须先敲门，老师们却未必有空，很多更懒得开门。要是那天教员室的人都在忙，可怜的学生们也许要等上半个小息。因为只有她"长驻"在第一扇门附近，无论目的是借保健室锁匙、交报告、交功课，几乎所有人都见过她忠心耿耿地替学生开门。

她永远留意到谁人精神萎靡、脸青口唇白："You look so pale！""Your face is so green！"那一刹，她会忽然由一个冷酷的女人变成那些脸色苍白、青黄的同学的母亲，劝她们说："多吃点东西！""多做点运动！"

还有一点无关痛痒的个人经历：冬天对我们来说是既浪漫又悲壮的季节，为了使一双其实不太短的腿看来长一些，大家都会把本来丑陋的及膝裙改短，加上所有校服的羊毛衣都是不大保暖的，我们常常冷得全身发抖。有一天，气温只有十几度，我穿上了棉袄，仍然冷得手脚僵硬，因此把手掌放在大腿下想把它"烫热"，她看到了，一句话也没有说，立刻去关掉风扇。

我不知道为何到现在还记得这件鸡毛蒜皮的小事，她不过比某些老师的观察力敏锐一些，当然，替快要冻僵的学生关掉风扇也是举手之劳。我们记得这一切，也许只因为出手的是她——一个把我们从泥沼中拉上来，但仿佛从来不知自己做了一件大事的冷面笑匠。

毕业

2001 年 4 月 3 日，英国文学考试前的四天。

"我们的下一次补课应在何时进行?"她看着记事簿上的日历。"下星期二,4月10日,怎么样?"

班长想了想,觉得有些不妥。"Mrs……我们在4月7日考试。"

"噢!"

我们就是在如此紧迫的进度下,不知不觉地过了会考前的最后一课。因为过程中没有发生什么惨事,比起高考,我对会考的印象很模糊。特别的是,英国文学会考其实在我们最后一天上学前已经举行了,所以大家簇拥着她拍照的时候,也顺道说说自己不懂得什么,答了什么……那天大家的笑容都很灿烂。

会考过后,某一天是毕业聚餐/谢师宴。那个下午,我特地去发型屋修理如乱草的头发,那时还是男孩打扮的我穿了一件白恤衫、结了一条母亲替我弄来的绣花领带(真是往事不堪回首)、穿灰色西裤,活像乳臭未干的男校生。朋友×也穿了一件价值六百多元的白恤衫,但竟被人取笑像茶餐厅伙计。那个晚上,酒店的宴会厅中,每个人都像穿花蝴蝶般四处穿插,说笑的说笑、拍照的拍照。自助餐开始后不久,食物附近已经挤得水泄不通,我好不容易挤到前面,后面竟然忽然有人叫我给她夹一件鱿鱼寿司,我唯有一边看着前面,一边拗腰把寿司递到后面……抽奖时,别桌的同学都抽到像HMV现金券、水晶项链等名贵礼品,我们那一桌的人抽到的奖品却是鲸鱼公仔锁匙扣、大象锁匙扣……

对我来说,这些和那天凌晨时分发生的事相比起来,都不重要。

每个人都在开席前收到一本"毕业小册"——一本记录着每个毕业生的临别随笔、老师对学生千篇一律的训勉、注定十年后会在大家搬家时遗失的小册。

狂欢过后,回家时,我的喉咙已因为三个小时连续不断说话、大笑而变得沙哑,我疲倦地解开领带,倚在沙发上,开始阅读那本"毕业小册"。

忽然,我的眼睛不自禁地停在某一页,那本来应该是一张A4纸,密密麻麻地写满了字,因为被缩小了,叫人看得颇辛苦。

看着看着,我的眼睛热起来:

"我终于逼自己完成这东西,不用再面对丁(同学)和戊(同学)的悲哀的眼睛(原文是"miserable eyes",我知道自己永远不可能译出那些英文的神髓。)……

让我们来看看吧,关于你们,我记得的是什么?

五丙班的各人永远准时地到达五丁班的班房。(按:我们的英国文学课素来在五丁班的班房举行,学生则来自乙、丙、丁三班。)五丁班的人永远不清洁黑板。

五丙和五丁班的人一直如此,或看起来一直愿意学习。

姓李、姓刘、姓梁的,总之其姓氏的第一个字母是'L'的人经证实是最善忘,最容易忘记带功课的人!

有人说,教育是永恒地触动一个学生的生命,我想说的是:'教导你们触动了我的生命。'"

("They say that to teach is to touch a life forever. I'd like to say that teaching you all have touched mine.")

我深呼吸一口气,合上册子,擦擦眼角——这是我在会考后第一次淌泪。

不愧是她,没有出席谢师宴,还是有本事使我们无缘无故地眼泛泪光。

想不到她记下了我们相处时的一点一滴。

我见过最好和最坏的老师,他们都像是另一个星球的人,不是可敬而不可亲,便是可怖/可畏但老而不死、死而不僵,小孩子的心灵被她们伤害了,连复仇的机会也没有。

她却告诉我们,我们不是一列学号,也不只是一堆叫"会考班"的苏州屎,让她收拾了便各行各路。我们原来也影响了她的生命,她叫我们觉得自己很重要。

几个星期后,我和同学到学校递交预科选科表格。那张表格是临时的,放榜后还能修改,但我还是小心翼翼地填了。递交那表格前,我首先要弄明白,究竟我应该选择 AS Eng Lit 还是 AL Eng Lit。

预科英国文学的课程分两部分,由不同的老师教授,念"高级程度"英国文学(AL Eng Lit)的学生需修读"卷一"和"卷二",念"高级补充程度"英国文学(AS Eng Lit)的学生则只需修读"卷一"。有勇气修读 AL Eng Lit 的多半是英文好得不得了的半唐番(混血儿或从小在外国长大的华裔),而高考成绩是"拉曲线"的,每个人的表现也会影响别人的分数,我这个不学无术的小混混,其实绝不应为了一个不错的老师断送自己的前途。

可是我已拿定主意,要是她教"卷二",我便选修 AL Eng Lit,誓死相随。

我们来到教员室,等了很久,直到天色也变了,开始下雨,她才出现。

"你会不会教'卷二'?"

"会。"

"不要乱答呀,人命关天!"

她一贯的不耐烦:"我说我会教'卷二'!"

同学甲说出了我的心事："其实我也想念 AL Eng Lit ……但怕应付不来。"

"你肯定自己能够应付其他科目吗?"她的回应简单而率直。

"不。"

"那么你为何觉得选择别的科目便一定安全呢?"

她说得对,我们从来没有从这个角度想过。

"别想太多了,选择你们有兴趣的科目吧。"

我的心中忽然充满从来没有的勇气和希望,简直觉得自己摇身一变成为励志片的主角,所有难题迎刃而解,朝气勃勃、前程锦绣、遍体生辉……

"很好,很好……"我和那个糊涂同学像被催眠般填上了"AL Eng Lit",交表格去了。

那天下着微雨,但我的心情太好了,所以拿着伞和没有伞子都差不多(通常十六岁以上、不再年少的人只有在心情很好或心情极糟时才会勇敢得不怕淋雨,因为后果只有几个:脸上的妆溶掉、gel 好的头发塌下来和患伤风)。

在那一天,我和神奇老师的故事的下半部正式展开,那是个截然不同的故事。

Part2　2001—2003

大整蛊

"为什么不是你?"我努力保持语气平静,好叫自己不像打破了醋坛子的肥皂剧主角。

"校方改变了安排,我先前也不知道。"她轻描淡写地说。

甫开学,我兴致勃勃地打开时间表,竟发现教授占课程三分之二的"卷二"者另有其人。虽然每个星期三还能享受她教的"卷一"课程,但在另外三天要面对一个来历不明的陌生人,我当然匆匆和她对质。

本来我可以申请转科,但因为三个原因没有那么做:一、烦。二、其实我是真心喜欢英国文学的,不是很喜欢很喜欢,它永远不能像陈奕迅般使我四肢麻痹、心跳加速(追求知识永远不会带来那种惊天地、泣鬼神的震撼和改变),但它的确是我最喜欢的科目。三、我对上一年她一手一个把我们从泥沼救出来的过程仍然历历在目——一年前,我们连自己会不会及格也不肯定,现在却有选择冒险的权利。

也许，世上真的无难事。

我还记得会考后微雨中她站在教员室前说的话，我想参与这个实验，轰轰烈烈地用自己的前途证明她是对的。

于是，我拿着一部莎士比亚作品、一本英文诗集、几本英文小说闯进一个不属于我的世界。

念预科英国文学要冒什么险？除了分数，还有面子。

从中一开始，校方便把以前就读母校附属小学的人和就读其他小学的人分开，前者被编进两班"直升班"——她们是一群黄皮白心、风骚潇洒的"鬼妹仔（外国妞）"；被编进另外两班的我们，则是一群凭着小聪明和努力搭救，说英文时总带着一点"乡音"（假设故乡是香港）的外来者，从没有那种气焰和气势。

我们不是在这所学校里土生土长、在这个优秀的系统下从小培训出来的人才，校长、某些老师们看我们的目光跟她们看"直升班"的目光也不一样，仿佛对待自己的亲生孩子和收养回来的儿童，总有一点点的分别。她们不信我们能做得同样的好，从她们的角度来看，理所当然。

幸好，中四分科以后，大家算是同坐一条船了。以前把我们分化的是学校的制度，同学和同学们之间倒没有什么，玩乐时都闹作一团。即使如此，我还是隐隐觉得自己及不上别人。我不能替所有人说话，但自己心里的确还是抹不去那一点点的自卑感。

所以当教授"卷二"课程的英国文学老师吩咐我们分三人一组，告诉我们从此在每一课里，每一组也要派出同学站在全班面前用十分钟谈论一首英文诗的时候，我的脑袋立刻爆炸了，真的觉得自己为敬爱的老师作出了很大的牺牲，简直是赴汤蹈火，两肋插刀（而她竟不知道我为了她才闯进龙潭虎穴里。老实说，她最好永远也不知道）！在未来的一年，我居然要定期站在十多个英文比我好一百倍的人面前，用"乡音"说十分钟废话?! 我一向最讨厌（但总免不了）自暴其短！

恰巧，那一年，英国文学"卷二"课程的主题是"女性文学"（Women's Literature）为了不让自己死得太难看，我在努力念"卷一"的材料时，唯有也花点功夫钻研那些不能引起我什么共鸣、调子阴阴柔柔的新诗。（不是说所有女性诗人都是怨妇，但只有她们才会把一段段苍白的夫妇关系、一段段难忍的沉默利用各种修辞手法记录下来，而我还不想跟她们沉淀在这种永无止境的痛苦中。）

我们还要读一本讲述未来女性被用作产子机器的科幻小说，研究那个伪清教徒社会中,名义上为保护女人而设的政策,如何和七十年代女权运动的精神背道而驰……

如此这般,直到高考前两个月的某一天早上刚刚起床时,我才懂得恐慌,同时佩服自己的勇气:我,这个从来懂得计算的缩头乌龟,居然选了一科只有三百多人应考的科目,当数万历史、地理、会计学生还能够指望靠其他人"垫底"、"拉曲线"的时候,全香港的英国文学学生加起来可能坐不满半个试场,那条"曲线"像常年积雪的峭壁那么高不可攀。

我是在做梦吗?!

要是我真的在做梦,到底结局会是噩梦还是好梦?

星期三的课

忘了从何时开始,我和朋友给她一个代号:Mrs. Special。除了她,谁配得起这个名字?

在"Tuesdays with Morrie"(图书《相约星期二》)里,作者每个星期二也会探望患了绝症的大学教授,本来只想尽点绵力关心这个曾经很看得起他的人,那些探访后来却变成他的恩师给他最宝贵的人生课堂。虽然 Mrs. Special 没有什么不治之症,我们也有"Wednesdays with Mrs. Special"——每个星期三一次、历时一小时三十分钟的英国文学课。

因为每星期只有一课,弥足珍贵。

这是每个星期三发生的事:

首先,她的车子回来了。

以上是中五时我看见那辆红色跑车时的反应。

中六时的反应是:

她的车子回来了!

在别的同学眼中,她的红色跑车是她家境富裕的证据。从前,我正眼也不看那辆车子一眼,心里想:"这个老师身家丰厚又如何,不会分一点给我。"

不知从何时开始,我每天经过停车场时也会看看红色跑车在不在,有时还会靠在四楼的栏杆上,看着她把车子歪歪斜斜的泊好。

我很关心这价值不菲的红色跑车,因为我知道,车在人在(当然没有下一句),看到那辆跑车,就代表她已回校了。

当年我是篮球队队长,要是那天有什么关于篮球队的事情需要在早会中报告,我会拿出早早写好的篮球队报告,跑到教员室等负责老师在报告上签名。幸运的话，我会在教员室附近碰上她。

那扇门仍然在，她依旧在开门。

午饭后，打钟前的十分钟我已收拾好上 Eng Lit 课要用的书本和文具，在课室里打锣打鼓地催促其他人执包袱上课去。

我们在一个名为"特殊活动室"的地方上课——一个比正常班房大一倍、有钢琴、雪白色的房间，在校舍的新翼五楼（说得这么玄，其实新翼不过是几步之遥）。母校的规矩是只有老师和拿着重物或脚部受伤（或扮跛）的学生才能使用升降机，别人都只能拾级而上。每个星期三，二十三个学生都聚集在"特殊活动室"对面的升降机前等她大驾光临。学生比老师早到，本已是个奇迹（注意：她没有迟到），学生需要上五层楼梯，依然比老师早到，可说是匪夷所思。我们的第一本课本"God of Small Things"（《微物之神》）描述一个印度家族里的恩恩怨怨。书名里的"神"和任何宗教无关，它代表着书内书外每个没法对抗历史洪流、没法冲破社会枷锁、无力自救的人。书中的其中一条主线便是身为"untouchable①"的 Velutha 和失婚千金小姐 Ammu 的爱情故事，因为阶级有别而悲剧收场——最后 Velutha 被活活打死。

她教授"God of Small Things"前，先向我们派发一些有关印度阶级系统的文章、一篇作者的访问，还有一个"untouchable"的自白书：他受高等教育、在西方世界备受尊重，回到祖国却依然没有进寺庙参拜的基本人权。

肾上腺素和士气一样高昂的我一边专心听书，一边发出一些自以为搞笑的无聊言论：

她问全班："Why does Ammu dress up her children?"（"为什么 Ammu 要替她的孩子装扮？"）

我叫道："to show that she has bad fashion taste!"（"好显出她差劲的时装品味嘛！"）结果，我的目的达到了，我成功吸引了她的注意力，她也成功用手上的笔记击中我的头……

Lifesavers②

"这个加菲猫的好像不错。"

---

① 不可触者。印度种姓制度中的最低下的阶层。

② 救生者。这里 Lifesavers 指的是美国很常见的一种形状像小甜甜圈的白色薄荷味的糖果。

"这个有弹弓的可能更惹人注目。"

我不知道事情何以发展到这个地步。

我和另一个 Mrs. Special"粉丝"小草已经在 City Super 的糖果专柜前站了半个小时,有生以来,我从来没有对那些像玩具多过像糖果的化学色素制成品有如此浓厚的兴趣。

我们在选购在英国文学课吃的糖果。

她是唯一一个会"纵容"自己的学生在上课时吃糖果的老师:"要是吃糖真的能让你们在上课时保持清醒,便随便吃吧。"她不止一次叹着气说。(其实没有多少人会在上她的课时打瞌睡。)

当然,我和小草都不用吃糖来提神,我们来买糖,只是希望她会"嘲笑"我们。

那是一个月前的事,我们如常地上课,她如常地幽默风趣,我和小草如常地听课听得如痴如醉,她如常地让我们休息十分钟。这时,不知谁拿出一包 Keroppi 糖(或者是 Hello Kitty、布甸狗、圣诞老人……我忘了),她看见那包糖,忍不住取笑那个无辜的人说:"哗,你钟意 Keroppi……"还接受了同学甲恭敬地奉上的一粒 Keroppi 糖。

有人认为获得"负面的注意力"比完全被忽视强,我从来不认同这一套。可是这一刻,我的确站在 City Super 的糖果部,幻想她看见我拿出手上这筒一端装上弹弓拳头的七彩果汁豆,嘲笑我们 "silly"。

两个星期后的万圣节,在她踏出升降机的一刻,我和小草拿出在玩具反斗城购买的面具和巧克力眼球……她当然没有被吓到,也没有生气,只是说在一楼已经听到我们的笑声,早已有心理准备云云……

我和小草像返老还童了,也难得她那么宽宏大量。于是,我们带的糖果从一种变成两种,还算"含蓄"的咸蛋超人果汁糖变成浮夸的波板糖,到超级市场搜购糖果成为例行的享受。除了小孩子外,也许没有人比我们更喜欢好看但不好吃的糖果。

"要不要买点什么给她喝?"

"茶?柠檬茶?这个好不好?"我拿起一罐价钱不便宜、罐上写着日文的柠檬茶。"挺适合她的。"

回到家中,我看着 City Super 胶袋里的战利品,竟有替好友找到合适的生日礼物般的愉快。我觉得那罐柠檬茶一定清甜可口,那两筒糖果很有趣、很可爱(即使一定很难吃),一切也很完美。

第二天,我怀着兴奋紧张的心情在英国文学课中段的小息拿出两筒糖果——正确来说是两件玩具。第一件是"准备开餐的加菲猫",按下长筒上的按钮,一端的加菲猫公仔会挥动刀叉和发出怪声。第二件更厉害,只要按下按钮,一个塑胶拳头便立刻从筒里弹出来。不消说,同学们看见了这两件玩具也立刻起哄。于是,加菲猫不停在众人簇拥下挥舞刀叉和发出怪声,有人吃了一记塑胶拳头……我和小草尝试从这群中六的大细路(大小孩)手中夺回玩具,因此看不到她的脸色。小息完结前,她吩咐我和小草在下课后留下来,我们才知道事态严重。

"你们年纪不小了。"

小草和我垂着头,没有作声。

"你们年纪不小了,做事应该知分寸。我让你们在上课时吃糖果,只为了让你们提提神。你们却……那些糖果和你们的头一样大!("Your candy is as big as your head!")你们看得见的,刚才同学们的注意力全被你们的糖果吸引过去。你们叫别人分心了。"

"Sorry."我好不容易从齿缝中挤出一个字。

"下次不要这样了。"她看见我们哭丧着脸的样子,有点不忍。"这是谁送的?"她拿起我们特地为她挑选的那罐柠檬茶。小草碰了碰我的胳膊。

"谢谢。"

她拿着柠檬茶离开班房,不带走一片云彩。也许每个人在十岁前也该试试干一次类似掷粉刷、大声叫嚣等,为了吸引大人的注意力,争取他们关心而干的捣蛋事,好让大家的潜意识里没有遗憾,长大了才不会像我们这般拼命做傻事。"她该明白我们在想什么!我们不是想捣乱。"我的嘴上这样说,仿佛有无穷冤屈,心里却明白:"shit!玩出火了!真白痴!"

"她一定觉得我们幼稚、无聊、不懂自爱、无可救药……"我替自己判了死刑。"我不会再带糖果,不会再备课,上课时也不会再答问题。我要循规蹈矩,我要变成隐形……"立定心志把自己埋藏起来后,我的生命在一时间失去了方向。第二天,我的脑海依然一片空白。小息时,我踏着虚浮的脚步离开班房,竟在楼梯碰到她。我依然觉得无地自容,立刻想真的变"隐形",她却对我点头微笑,我唯有也对她点头微笑。

"well,她也许……好像……仿佛不是那么讨厌我。"也许她已经原谅了我,我们的恩怨从此一笔勾销,我不能再利用像头颅那么大的糖果吸引她的注意力,但能够继续发愤图强,继续答问题,继续享受我最爱的英国文学课……

两个月后,她把批改好的 Eng Lit project 发回给我们。我、小草跟不是她"粉丝"的梦幻女郎一组,选了电影《永不言败》作研究对象,主题是单身母亲面对的社会问题,每人负责写一篇评论文章。

戏肉在后头,我们在最后一页贴上一排"必理痛"——给她医治评改我们的烂文章引起的头痛症状,还在三粒"必理痛"的上方写上自己的名字。

收到 project 后,我们当然急急翻到那里……然后几乎跳起来! 分数不错,评语也不错。

那一排"必理痛"却变成三粒不同颜色、救生圈状的果汁糖。

"谢谢那些 panadol(必理痛止疼片),我知道即使今次用不着,总有一天会用得着的。"

"Actually I have my own Lifesavers and am generously sharing with you. So that you can be SAVED. ①"

那种外形像救生圈的糖果正是叫"lifesaver"。她在我的名字下贴上了绿色的 lifesaver,小草得到橙色的,梦幻女郎则得到红色的。

"哈哈哈,橙味最好食! 她一定最喜欢我!"小草得意忘形地说。

"绿色比较罕见!"我反驳她说。梦幻女郎受不了我们那么无聊,早已逃之夭夭。

下课了,我和小草仍然兴奋得手舞足蹈,把那个有 Julia Roberts 大头作封面的透明胶套高举在半空。"彩色影印那一页吧!"

我知道真正的 lifesavers 不是那三粒果汁糖……

中七上学期的某一天,她带来了一黑一白两种颜色、看起来像巧克力的糖果。

我们都很兴奋,很少老师会公然挑战上课时不得吃东西这种不成文的校规。

"这些便是'Divinity'。"

"Divinity"是我们另一本课文"Song of Solomon②"里一个黑人角色 Guitar 最怕吃的糖果,再准确点说,这人是不吃甜的。他的父亲在一间白人开的工厂中工作,不幸地被锯木机锯成两半,在白人主导的社会里,白人把黑人的性命看得很贱,那个白人老板也没有给 Guitar 一家半点赔偿,除了一大袋"Divinity"糖果。因此自从他的父亲死后,Guitar 便没有再吃过甜食,只是想起那种糖的味道便想吐。

---

① 事实上我也有自己的救命糖果,慷慨地与你们分享吧,这样你们的命也能被救上了!

② 《所罗门之歌》,托妮·莫里森著。

我已忘了 Divinity 的味道，却深深记住了 Divinity 背后的故事。

"怎么样？你们较喜欢哪种颜色的？"她看着吃得津津有味、完全不想吐的学生。

邓展文

我说过，我相信不少老师也有《死亡诗社》情意结，分到老师们最多的注意力的多半是所谓的坏学生。像坏男人，他们有一种莫名的魅力，挑战着每一个有教学抱负的人，像一座常年积雪的山峰，吸引着每个经验丰富的旅人攀登、征服。

邓展文便是这种学生。

只要她喜欢，她会在上课时大嚼两个饭盒的食物（分别是叉鹅饭和扬州炒饭），老师站在跟前也面不改色。

只要她不喜欢某个老师，她可以坚持不回答一条简单的问题，成为母校第一个在上课时被赶出班房罚站的中六生。"诗人描述的泥土是什么颜色？""不知道。""这是个很简单的问题，你难道连这么简单的答案也不懂吗？""不知道。""第六行呀……黄色……"（同学们在窃窃私语中尝试仗义相助。）"我真的不知道。""去死吧。"（想必是该倒霉老师心里的话。）

在展文的字典里，像从来没有禁忌、规则、尊卑之分，挑战权威、不交功课不温习像是理所当然。

事后检讨，当年我肯花点心思念书，也许只因为要寻找一点自我价值。展文才不用如此，她有她的华丽大舞台。她是游泳健将，也是戏剧学会的一员，短头发、在不穿校服时整天阔袍大袖、hip-hop 打扮（对，她还会跳街头霹雳舞……）的她有不少粉丝。她活泼外向，好像和所有人也搭得两嘴，也仿佛不说笑便会要了她的命。

在班房里，她仍旧活在射灯之下，天天出言顶撞老师，为沉闷的课堂添上火花，替我们带来一点点难得的娱乐。

当然，展文对 Mrs. Special 算是格外开恩，从没有顶撞她，也许她也颇喜欢这个看见她不会皱眉头的老师，也许因为她有自知之明——自己的一张嘴永远斗不过"寸人多过我们食米"的 Mrs. Special。可是展文始终不太用功。当 Mrs. Special 已教到最后几个章节，她们之间最典型的对话仍然是"你看过课本没有？""课本？哈哈哈哈哈哈哈……"

于是有一天，我和小草听见这惊心动魄的一句："邓展文，你再不开始阅读《微物之神》,我便天天陪你看!"

邓展文不经思索便大声叫:"千万不要! 小草和××(本人在身份证上的名字)会杀了我!"

我和小草立刻对她怒目而视,然后像失宠的小孩,恐慌起来。

我和小草开始每天也恐吓邓展文:"睇(看)书啦你!""如果她给你开小灶我们就杀了你",她看起来很害怕,但仍然不肯打开书本。

在同学面前,她不过是个没有机心、不懂人情世故的大孩子。她的大部分话语、大部分行为都只能用四个字来形容——"唔(不)经大脑"。

老实说,这些特质有时很可爱,有时也很可恶。

当我在四楼倚着栏杆"情深款款"地眺望着 Mrs. Special 走近那辆红色跑车时,邓展文会忽然在我旁边用连地牢也听得见的声线大喊她的名字。我最不希望发生的事在这时发生了,Mrs. Special 抬起头来,向我们的方向望过来:"邓展文,你在做什么?"我正想缩到柱后,邓展文竟然指着我:"××(在下的名字)都喺度(××也在这里呀!)呀!"邓展文觉得很好玩,被发现了藏身位置的我却欲哭无泪。(很多年后,当我对 Mrs. Special 的热情升华后,这个情况仍然没有改善,有一次她在描述自己放假时每天做的事,我在和别人谈话,错过了,请她重复,邓展文竟然尖叫说:"哎呀,她想把你的日程记下来跟踪你!"当年发生的事竟然成为我人生里抹不去的污点。)

拜托,不是人人也想成为射灯下的焦点的,不是每个人也想把自己心中所想写在脸上的(以我的例子来说,要是从小到大想讲什么便讲什么,想做什么便做什么,我老早被送进青山精神病院了)。

但邓展文便有这个特权,无论她做的事多么愚蠢、多么"扰民",只要看见她那鬼马的笑容,没有人能对她生气,连 Mrs. Special 也只会与她斗斗嘴,等待着奇迹发生。

事实上,即使邓展文没有像我们般发疯似的读书,她对 Mrs. Special 始终是怀着敬意的。

"有什么人是你没有气过的?"

"你啰!"

"多谢你了。"

最后,我和小草害怕的"邓展文私人补习班"始终没有发生。我们都以为对学业成绩满不在乎、像没有脚的小鸟的邓展文永永远远不会看完那两本课文。然而,高考前,不知谁来跟我说,邓展文竟把书看了两遍……

英文歌

"Occasionally, when Ammu listened to songs that she loved on the radio, something stirred inside her. A liquid ache spread under her skin, and she walked out of the world likea witch, to a better, happier place."—Arundhati Roy, "God of Small Things"

（"当 Ammu 听到收音机播放着她喜欢的歌曲时,心中总会泛起一阵悸动,心痛的感觉涌流到她肌肤下的每一个角落,她像元神出窍一般,如一个女巫脱离了尘俗,逃到一个更美丽、更美好的世界。"—— Arundhati Roy《微物之神》)

她念出以上一段对女主角在娘家郁郁不得志的描述后,这样问我们说:"什么歌曲会使你们心中泛起一阵悸动?"

同学们当中十居其九也背负着一段段荡气回肠的故事,脑海里奏着一段段哀怨缠绵的背景音乐吧,但当然没有人敢在大庭广众透露自己的情史。

"你们听过一首叫……'Auld Lang Syne'的歌没有? 我只要听见那首歌,便觉得心中某部分被触动了。"她对我们说。

友谊万岁?

"不是'Auld Lang Syne',是××××,是××的歌,你们太年轻了,也许未听过。"我的英语程度太低,听觉又有问题,根本听不清楚那首歌和那个歌星的名字,却看见班中几个黄皮白心的学生在点头。"那首歌说的是一个人遇见他旧情人的故事。"

我把握时机探听她的故事:"它叫你想起你的旧情人吗?"

她轻松地笑说:"当然不,前一阵子我遇上我的旧情人,他已经变成一个大肥佬了。"

哦,原来如此。

那首歌竟能够叫冷酷的她心里泛起一丝丝涟漪,对她来说一定很重要。我一定要把它找出来!

我请某一位和她差不多年纪的"高人"指点迷津:"你有没有听过一首歌名像什么'Auld Lang Syne'但又不是'友谊万岁'的歌? 应该是一首七八十年代的歌曲……"

"高人"给我一个名字。

我终于在 HMV 找到了 Dan Vogelburg 的精选碟,原来那首歌叫"Same

Auld Lang Syne"，该是在七十年代大热的流行歌(好笑的是，我后来在各大酒楼的洗手间里也听到那首歌)，述说一个人在平安夜和旧女友重逢的故事：下着雪的夜晚，他在杂货店重遇初恋情人，附近的酒吧都打烊了，他们买了啤酒，在她的车里　边喝　边闲话家常，两人都过得不错，却有种无法填补的空虚感觉。这么多年过去了，女孩依旧美丽动人，她嫁人了，却不爱自己的丈夫。两人分别时，一直下着的雪变成雨，仿佛埋藏在心底的眼泪和感慨(这句是我自己加的)，在这个时候，他心中的痛楚，竟然和当年分开时一模一样……

多老土！

家澄说那首歌压根儿不动听，小草则对那简单而动人的旋律无动于衷。我不管了，仍然日听夜听"Same Auld Lang Syne"。我当然对自己的老师暨偶像没有非分之想，却开始有个奇特的念头——在未来的日子我要出人头地，飞黄腾达，这样我才能在十年后碰见她时……

碰见她时可以怎么样？

不知道。

或许不用丢脸，或许她会为我感到骄傲。

也许我的确被社会主流的价值观荼毒得太厉害了。那一刻，我脑海里浮现的画面是一个高薪厚禄、受万人尊敬的专业人士在高级杂货店碰见她的中学老师，骄傲地告诉她自己干得如何风生水起……她说过希望我们会"become somebody"。

直到后来，我才明白，"becoming somebody"不等同"出人头地"和"飞黄腾达"，它不是用世俗的那把尺来量度的。真正叫人不枉此生，叫看得起你的人为你骄傲的绝对不是后两者。

英文书

她先把我和一个七八十年代的民谣歌手联系起来，然后是新世纪的诺贝尔文学奖作家。真不知算是哥伦布发现新大陆，还是麦哲伦环游世界一周。

事缘每个高考英国文学的学生都需向考试局上呈一份三千字的习作("portfolio")，题目不限，必须和社会或政治议题有关，可分析某些文学作品或电影，用书评或影评的形式借题发挥。为了帮助我们找题材，她准备了一张表，列出了她建议我们看的课外书和电影。那些课外书一点也不容易，我找到第一本书时已心惊肉跳——竟然是获得诺贝尔文学奖的小说

"Blindness"：

　　一个普通人在驾车时忽然无缘无故地失去了视力，只看见一团白色，去求诊却找不出原因。第二天，那间诊所的医生、护士、病人们也相继看不见东西，眼盲像流感般扩散开去，迅速在都市间蔓延。盲人们为了生存、为了争夺城市里有限的资源互相厮斗的时候，暴露了人性里最丑恶的一面……

　　另一本书讲述一个住在美国德州的女子偶遇一个被遗弃的Cherokee（这个字怎么解释？不是一种食物吧……不知道，唯有查字典……噢，原来是某种北美洲原居民）小女孩，和她展开万里寻亲之旅……（Barbara Kingsolver的"The Bean Tree"、"Pigs in Heaven"）

　　每年她都会送课外书给学生，人人有份，永不落空，每个人得到的书也不同，本本都是她度身挑选的。

　　我不是文盲，我也看书的，但我爱看的是古龙的武侠小说，我不关心社会，不喜欢现实世界。我不过是个短视、目光狭窄、不学无术的中学生，本来无意研究大半个地球外某个古老村庄的奴隶制度，也没有想过和某个连它名字也不懂得念的民族寻根。

　　因为她，我竟在无意间瞥见头上那片浩瀚的星空，井外的另一个世界。

　　那段是我人生里最匪夷所思的日子，她制造了我有生以来最伟大的奇迹。

　　从前，我很懂得保留实力，因为害怕"事倍功半"。

　　付出了百分百的努力，得到百分之二十的回报，这代表什么？

　　我没有别人那么聪明、我没有天分、我只是个庸才。

　　无论答案是任何一个，都足以叫我痛心疾首。

　　最大的噩梦便是知道无论多么的努力，我的成就只会达到某一点，永远也及不上X、Y、Z。

　　从前，为了避免知道"真相"，我做任何事也不会尽力，直到我在中五时遇上Mrs. Special。

　　到了中六，每个星期三，我都会把Mrs. Special的笔记抄写到我特意购买的"无印良品"活页笔记簿上，有系统地分类记下文学作品的主题、角色性格、修辞技巧，贴上七彩的post-it，方便闲时温习，整个过程历时约一小时。

　　我从来没有想过，自己会这么热爱做功课，在复活节假里最大的娱乐居然是把自己的功课修改五次（正确的说法是重做五次），放弃本来用来看《东touch》、唱K、在陌生人的网志窥秘的时间，连去旅行也嫌乏味。

　　也许我是幸运的，试想想要是我迷恋的是道友（吸毒者）或黑社会大佬……有多少人的 obsession 会如此有百利而无一害？中一时为了一个篮球队长努力练习篮球，五年后又为了另一个人努力读书。这样子的英雄崇拜，也许每个家长也应该替他们的子女排队报名。

圣诞树

圣诞前夕，除了听"Same Auld Lang Syne"和幻想十年后香港会下雪外，还有别的事做。

我按照某本杂志的描述，按图索骥找到全香港只有一间，位处中环雪厂街的圣诞用品专门店。所谓的"圣诞用品专门店"，真的只卖和圣诞有关的东西，全年只营业三个月。外面摄氏二十度，店里却铺满白濛濛的假雪，住着满面通红、像喝醉酒的圣诞老人，到处都是漂亮的圣诞树和精致的圣诞饰物，美中不足的是，价钱很贵——八十块的天使饰物，难道是从天堂空运来的？

三天后，我做了一件前无古人、后无来者的傻事——我带了一株圣诞树回校。

当然是塑料造的假树(吉之岛减价货——约七十元)，可是当我和小草把一个个紫色和银色的球状饰物、银光闪闪的小天使(如假包换从"天堂"空运到港)悬挂在它的叶子上后，我的直觉告诉我，它比真的圣诞树还漂亮。

实在太美了！我主观地认为没有比它好看的圣诞树(连商场中四层楼高的圣诞树也无法与它媲美)。以前我从不会自己装饰圣诞树，我们一家在新年时不会贴挥春(春联)，在中秋节不会煲蜡、玩灯笼，在端午节不会包粽……总括来说，从来不庆祝节日，我的珍贵童真在襁褓时已经烟消云散，连对圣诞灯饰也没有一点感觉。

而这一天，我竟然在学校的升降机中抱着一株圣诞树。

我和小草笨手笨脚地把圣诞树抬进升降机时，她已在瞪着我们。我早作好了一个冠冕堂皇的理由，也不管它是否可信："我们特地把它从家里带回来，替班房增添一点圣诞气氛。既然我们也要来'特殊活动室'上课，便把它也带来了……"

她疑惑地看着我："你们到哪里上课也这样抱着它？"

"是的。"(当然是假的。)

圣诞树完成了它的历史任务——博得她取笑我们。短短两个小时后，它便从天堂回到人间。因为我和小草也不想把它带回家，最后它竟在我们的班房度过了圣诞节、新年、情人节、端午节……直到中六的最后一天，摄氏三十二度的气温下，仍挂满了雪球的圣诞树光荣地被肢解。我和同学们披着圣诞树的残骸合照，颈项围着金色和银色的纸条，笑得很灿烂。

"浪漫"一词中包含着"意外"的成分。到现在我仍然不明白为什么圣诞节会给人"浪漫"的感觉，但在那年那月的圣诞节，我们确是不按常理出牌，像一个醉醺醺的圣诞老人，做出一件叫自己在日后想起也会傻笑的事。

小草

跟我在崇拜别人时相知相交、建立友谊的人不少，到今天仍然会跟我挥动着游戏机遥控器，仍然会跟我谈论前途、哪间餐厅的拉面好吃和如数家珍般念出 Mrs. Special 炮制头颅六大方法的只有一个人。

小草人如其名，外表弱不禁风。

她表面上的脆弱，导致我们之间有不少摩擦。像在某一堂补课的早上，Mrs. Special 一边收拾书本，一边对那天罕有地迟到的小草说：

"你面色好青。"

"很青吗？我睡眠不足……"不知道是否吃错药，小草对着她也一副晦气的样子。

"我关心你咋！"她忍不住冲口而出。

我们捧着英国文学课本上早会，期间我一直对小草不理不睬。

"你月经到了吗？"

"她说她关心你。"

"你知道的，她关心每一个学生。"

"可是她从来没有把'关心'两个字挂在口边。"我瞪着一脸无奈的小草。"她说关心你……她说关心你……她说关心你……"

我虽然妒忌她，也不能否认，她的脸色的确有点苍白，的确惹人担心，而我，无病无痛，怎样也挤不出如此一张苍白的脸。Mrs. Special 关心她是对的。

终于有一天，我也争取到一个叫小草妒忌的成就。

那天我一踏进班房，小草便跳起来大叫大嚷："你捋到 Eng Lit Prize（赢得英国文学奖学金）呀！"班房门口贴着一张人名表，得奖人的名字旁写上了科目："历史、经济、数学、英国文学……"我像中了科举那么兴奋，简直从心底笑出来。回想两年前我还是个连 Shakespeare 也串错的小混混，这真是一个他妈的奇迹。

小草连珠炮发："她竟然把 Eng Lit Prize 给你！她竟然把 Eng Lit Prize 给你，一定很喜欢你！我憎死你！"

慢着，作为我的朋友，你不是应该为我高兴的吗？

"我不过……拿了 Eng Lit Prize……"对，我拿的"不过"是 Eng Lit Prize，那个我们梦寐以求的头奖。

"我憎死你！"

"唏，在别人唱 K、去南丫岛、连续看三小时电视时，我把一篇文章重写了五次！"

我和小草旁若无人地在大叫大喊，班主任还在班房里，好奇地望着我们，嘴角挂着一丝奇特的笑容（也许连他也知道我和小草对她的 obsession）。

小草人如其名，外表弱不禁风。

但什么都要跟我抢。

首先是曝光率和上课时的发言次数。

其次是各种各样 Mrs. Special 送出及借出的物件，包括糖果、DVD、书本等。

等等，这样描述使我的良心有点不安……其实小草让了很多东西给我，诸如约她吃饭时让我负责写电邮、打电话，她写的电邮又让我先过目，而四年过去了，我连小草的生日——四个简单的数字也不记得。

按照"抢"的字面解释，她真正强抢过的，只有那张纸巾。

我不会忘记那张纸巾。

虽然那不过是一件无聊透顶的事。某一次，我有点伤风，下课时，我见 Mrs. Special 拿着纸巾盒，便问她借了一张纸巾……

人体的构造十分奇妙，也许心理真的影响生理——拿了纸巾后，非常离奇地，我的伤风停了。

那张纸巾顺理成章成为我的珍藏品。

小草瞪大眼睛看着我的纸巾，露出妒忌不已的神色。

"哗，原来还有另一张。"我回到班房的时候，发现 Mrs. Special 给我的其实是两张薄薄的、紧贴在一起的纸巾。

"给我！"小草二话不说便伸手来抢。

小草虽然瘦弱，臂力应该很好，在体育课第一次打壁球时便能控球二十分钟。

我立刻避开她有力的手臂，尝试独占那两张比一千元钞票更珍贵的纸巾。如此这般，我们在心理学课上闹作一团。那时候，心理学老师 Alice 正在派发一些看来不太有趣的笔记(这个当然后来才知道,那一刻我的目光集中在另一种纸制品上)……

忽然,大家都静下来了,一片沉默。

接着,我们听见哭声。

我们很快找到哭声的来源,也停止了说话——Alice 在哭。

我把小草应得的纸巾轻轻放在小草的桌子上。

Alice 是一位年轻、有热忱但教书技巧尚待改善的老师。她有足以震破耳膜的高音,却抓不住学生的注意力,因为她在每一课也只会把大量心理学的生字念出来和写在黑板上,我们像做 unseen dictation① 的抄、抄、抄。每次三连堂的心理学课后,我的手指头总会起茧,声音总会因为不断和同学聊天而变得有点沙哑。

我们从没有见过她这样子,她呜呼着说了几句话,便夺门而出。

在她夺门而出的刹那,全班又变回一个墟(集市)。

"她月经到了吗?"几个学生在口没遮拦地讨论。

"这是她第一份替我们亲手做的笔记。"同学甲煞有介事地说。

噢,没错,平日都是我们自己默写下来的。

"她在派发人生中第一份替学生亲手做的笔记时,完完全全没有人理会她。尤其是你和小草,居然在……居然在为一张 Kleenex 战斗!"

我瞪了小草一眼,开始觉得心虚:"刚才所有人也在吵呀……"

"她在发怒前的一瞬瞪着你和小草。"

这时,班长提出到教员室向她道歉的建议。

"我最怕女人的眼泪。"我叹气说。于是,我和小草领着全班浩浩荡荡地走到教员室,忍着笑地向她说对不起。我心中的确有点内疚,却不知为何很想笑,也许因为我只不过有点内疚之情,却要装出一副悔疚莫名、痛哭流涕的诚恳样子。

算了吧,不算是"烂泥扶不上壁",但我们距离成为"社会栋梁",或要求低一点,成为"正人君子","a decent human being",还要走一段很长的路。

到底到哪一天我们才愿意长大?

心底深处,我知道不会有这么一天。

要是有一天我们真的长大了,成为一个正正常常、成熟稳重、略带沧桑的成年人,会是被迫的……

---

① 默写。

那一课

一切从"屎"开始。

"昨晚我终于'呕'出了三千字。"

"我真的不想交这么'屎'的功课。"

每一天,我们都用不同的形容词来描述我们的功课,当然没有一个是好的。我们习惯了这样"妄自菲薄",有时,甚至真心的认为自己所交的功课、写的文章、做的 project 都只配一个用"烂"字来形容,"屎"、"呕吐物"等不过是较有创意的表达方式。

虽然 Mrs. Special 真的使我发愤图强了好一会,我不敢说自己不曾属于这"呕屎大军",得过且过从来是学生的天性,我们从来没想过这些字或这种态度会触痛她的神经。

最近收拾东西,才发现原来把她说的话全抄下来了,还写上了日期。那天是 2002 年 5 月 8 日。

跟随了她这么久,我和小草都差不多能仅凭她踏出升降机用左脚还是右脚判别她那天的心情……我承认这个比喻夸张了一点,总之,我们都有足够的经验嗅出暴风雨前夕的气味。那天正是行雷闪电的一天。我们看着她不悦的神色,静静坐在那里,等她开口。

"几个星期前,我吩咐你们在星期一交一篇五百字的 portfolio 写作计划书,我一共收到十九份。昨晚,有人把她的计划书电邮给我,说她好不容易终于'呕'出了三百字像粪便一般的东西,她本来不想交的,因为实在太'屎'了。(It is too shitty.)"

全班鸦雀无声。

"如果你觉得自己的文章像粪便,请不要把它交给我,这不是我们应得的对待,想想'shit'译作中文是什么。"("If you feel that your essay is shit, don't give it to me, we don't deserve your shit. Think about the word 'shit' in Chinese.")

"以前我教过另一个学生,她交了一篇错漏百出的文章给我,我问她:'你写完重看过自己的文章吗?'她说没有,我问她不看的原因,她这样回答:'那篇文章实在太烂了,连我自己也受不了,不想再多看一遍。'"

"既然连自己也受不了的烂文章,为什么要交给我呢?"

"吐出来的就别给我啦。"一直说着英语的她忽然说了两句广东话。"为什么要逼我吃屎？为什么要硬逼我吃你们的呕吐物呢？"

包括我在内的几个同学听到"呕吐物"和"屎"那些词语都想笑但不敢笑。她的确观察入微，我们就是如此沟通的。

"还有另一位老师的学生，她欠交功课却不通知那位老师，害得她反反复复地把收到的功课数了几遍。第二天，那学生居然给我一只磁碟，托我转交给那位老师——她连把功课印出来，亲手递到老师的手上也不愿意。"

"我真的不明白你们这一代的人。"

"前几天有人问我对留学外国的意见，我想说的是：你想到哪里去便到哪里去吧。也许，你能在别的地方享受更好的教育制度，但要是你们毫无内涵（without substance），什么制度也不能把你们变成一个重要的人。"

"你们是一个空壳。"

我们开始笑不出了。

"除了课本外，你们什么也不看。"

"很多年后，在某个社交场合，也许会有人问你，看过 Harry Potter 吗？知道谁是 Virginia Woolf？（还是 Sylvia Plath？我忘了她举哪个诗人作例子。）那时你们会怎样应对呢，擘大喉咙得个窿（张大嘴巴哑口无言吗）？"

"你们总好像想自我放弃，成为无足轻重的人。"

"我们是你们的老师，不是敌人。我们只想给你们一点教育，也许你们能在别处找到更好的，但要是你们还维持着这种态度，到了外国会有分别吗？"

"我们也盼望有一天你会成为'somebody'。"

"还有，只希望将来有人问起的时候，你们说得出 Virginia Woolf 是二十世纪初的诗人，说得出她的诗是怎样的，而 Harry Potter 是一本小说。还有……"

"Next time, please 'unshit' your homework before you hand it in.①"

"好了，我发完牢骚了。"她叹了一口气。"请翻到第一百一十五页……"

"是我。"下课后，同学安娜悄悄对我说。

"她说的是你？"

"对，前几天我跟她谈过。"安娜有点尴尬。"给她一堆粪便的人也是我。"这次是谁惹她生气并不重要，那些"粪便"和"呕吐物"我们每个人都有份。即使我在英国文学这一科上付出了百二分的努力，我不敢说自己从没有"虐待"过别的老师，把他们喷得一身都是呕吐物……

我知道 Virginia Woolf 是个诗人，可是从没看过她的诗。

---

① 下一次，交作业之前请不要再把你们的家庭作业变成屎之类的东西。

那一天下课后,我走到最喜欢溜跶的公园——它可能是全香港最细小、最幽静的政府公园,公园后面是维多利亚港,坐在足球场的观众席的最顶端,目光放远一点便是无敌海景。那天的天气很好,我面对着海天一色,想着怎样才算"becoming somebody"。

当然我想不到。

"Everything is possible in human nature."

— Arundhati Roy, "God of Small Things"①

我看看表,时间是十时四十分,还有十分钟便上课了。我冲进班房里,小草还在吃着三文治。

"够钟(到点)啦!"我大喊。小草望望手表:"系嗫(是哦)!"我和她开始大声叫:"上堂(上课)啦!"班房里的众人无动于衷,很明显,除了我们以外,没有人觉得时候已到。

我们冲出班房,跑到预科生专用的休息室,准备"打捞"班里的"漏网之鱼"。

那里却只有君贤和子琪两人,懒洋洋地靠在一张破破旧旧的沙发上,瞥了一眼我们手上的英国文学课本,不屑地瞪着我们:"又来强迫人提早十分钟上五楼去?"

君贤和子琪比我们低一年级,两人都是 Mrs. Special 的学生。我们口痒,老是在她们面前宣扬 Mrs. Special 的"功绩",而她们只会唱反调和攻击我们……

"变态!""恐怖!"仿佛觉得很好玩。

"崩口人忌崩口碗(哪壶不开你提哪壶呀)",我忍不住还击说:"再咁讲打你(再这样说就打你)?!"

"恶霸!"君贤尖叫了起来。"她恐吓要打我们!"子琪马上附和:"好可怕!不要打我们!"两人本已长得有点像孪生姊妹,大声讲大声笑,一唱一和,威力没法挡。我和小草闹了一会,才苦笑着告退。

我跟君贤和子琪当时还不是太熟稔,只会在学校范围内说说笑笑,互相挑衅。两人聪明伶俐,很喜欢跟我和小草抬杠,带头的君贤尤其词锋锐利,幽默到死。

某一天,我问君贤拿了她的 ICQ 号码,跟她在 ICQ 上谈天。

我开始隐隐觉得有点不妥。

---

① "在人类的天性中什么都可能发生。"阿兰达蒂·洛伊《微物之神》。

在 ICQ 上的君贤和平日活泼风趣的她判若两人。和朋友利用 ICQ、MSN 等软件通讯时的确看不见对方的样子,听不到对方的声音,但用惯了这些工具的用户也会体验到,每一个字母、每一个标点符号背后都隐藏着不同的情绪,句子后加上"哈哈"与否的意思就完全不同。工多艺熟,整天活在 MSN、ICQ 的世界里的人可在一个表情符号里看进别人的心坎,在字里行间捕捉对手的灵魂……

　　回到正题,在 ICQ 上的君贤很不开心。

　　"How are you?"(你好吗?)两个不太熟稔的人的标准开场白。

　　"not good."(不好。)

　　"Why?"(为什么?)

　　"nothing."(没有什么……)

　　"为什么你想自杀?"她的 ICQ 称谓包括"suicidal"这个字,当然,我以为她在开玩笑。

　　"nothing."

　　"I see."我打出这句说了等于没说的话,其实完全不明白发生什么事。好奇心驱使下,我进入她的 ICQ 个人资料页,发现她有自己的个人网志。

　　我不知道要是我没有那么好管闲事,或者从头到尾也没有在 ICQ 联络人上加上君贤的名字,以后发生的事情会不会有所不同,但没有人能够改变历史。

　　一篇、两篇、三篇……2003 年、2002 年、2000 年……我逐篇地看君贤的网上日记,她的文笔很好,但这不是我看下去的原因。我越看越惊讶,越来越心寒……

　　君贤的网志只有一个主题——她很想死。

　　不少人在灰心失意时也有自杀的念头,可是这个念头通常一瞬即逝,或在困境过去后马上消失。但网志里的君贤不同,好像没有什么大灾大难,她却每分每秒也不快乐……年少无知时我也试过为队长姐姐剃手,试过怕被父母责骂而想到跳楼,但我完全想像不到一个真正生无可恋的人怎样过日子。那时候的我还未知道什么是真正的抑郁症。

　　没多久,小草也看过那个网志。

　　君贤知道我们看过她的网志,从此我们和她的关系再不一样,本来我们不过是普通朋友,看她的网志仿佛等如进入她的禁地,知道了一个大秘密。我们开始熟稔起来,尽管她不会跟我们分享所有事情,但和我们说话时却不再戴着那个欢喜活泼的面具。老实说,这么多年过去了,我从没有见过比"真正"的君贤更抑郁的人,也没有见过一个比她更聪明的抑郁症病患者。她有本事合情合理地反驳我们所有的安慰语言,像要把我们逼到墙角似的说声:"对了,你该立刻去死!"叫我们束手无策。

君贤还是个小学生时,已和家人分开住。她和父母的关系疏离,她装作快乐、若无其事的本领也很到家,他们才不知道她的内心世界如此灰暗。

她觉得亲戚们也瞧不起她。

小时候她在另一间著名小学念书,从小她便觉得老师和其他同学当她透明。

最奇怪的是,她竟然从来没有把这个状况告诉子琪。这个世上,知道君贤如此不快乐的只有我和小草二人,正因如此,我们更不能放弃。

只是那时我们还不知道这个秘密其实是计时炸弹。

大除夕夜,我在家附近的小公园游荡,鼓起勇气,终于打了一通电话给君贤。

那是晚上十时许,没有人接听。

圣诞过去了,再过不久就是大考,君贤的情况完全没有好转,也许因为考试压力,好像还急转直下。终于有一天,受了某种刺激后,君贤在 ICQ 上对我说:

"我想自杀。"

"我在剐手。"

这不是我们第一天得知郑君贤有抑郁症,也不是我们第一次听她倾诉她有多么的生无可恋,可是我知道她刚刚受了某些刺激,我知道事态严重。

小草也收到类似的讯息。

"怎么办?"小草问我,我的心里也乱成一片。

"告诉 Mrs. Special……"我提议说,却马上犹豫起来,无论有多么崇拜她,我也心知肚明,她不过是个普通的老师,没有接受过什么辅导学的训练,又不是社工,把这件事告诉她有什么用?

"对,告诉她。"

"会不会有问题……?"

"我怕君贤真的会做傻事……我不知道……我很怕……告诉她吧!"电话筒另一端的声音里充满惶惑和忧虑。"告诉她!只有她才能救君贤!"

"好。"我们没有她的电话号码,只有开始写电邮。

我第一次见她的时候,她只是一个面目模糊的新老师;半年后,她成为我们的救生圈;不知从何时开始,她成为我的偶像,她有智慧,她愿意关心我们,我们视她作救世主，一切好像顺理成章。

我们却忘了，无论多么有智慧，她不过是个人。

第二天，一件我们从没想过的事发生了——君贤被校长召见。她回来后，更加抑郁，还有愤怒："他们要见我的父母！"

我妈自己就是老师，校长打电话去她做事的那间学校。她怒爆了！

君贤没有说出口的那一句是，这样把事情搞大，叫她那当老师的母亲颜面何存？

我忘了那时我和小草的反应，到底是天真地希望君贤的父母在得知女儿的情绪问题后会帮助她渡过难关，还是早已料到这会叫事情更糟。

我只记得结局。

那天放学，君贤的脸红得像血，眼里只有怒火。

"怎么样？"

"我的母亲很生气。"

"为什么？"

"她觉得我在惹麻烦。还有，Alice（另一位老师）投诉我在上课时心不在焉、嚼口香糖，哈哈哈哈哈！"又是一阵愤世嫉俗的笑声。

"你的父母知不知道……"

"他们当然不知道我剐手！"君贤斩钉截铁地说。"要是那几个八婆违反承诺，把这件事告诉我的父母，我立刻去跳楼。"

"还有你们那个 Mrs. Special，和别人一模一样，越帮越忙！"君贤已知道 Mrs. Special 是"告密者"，对她恨之入骨。

"我的父母没有必要知道这件事，知道了也没有用！"

她带着一腔怨愤离开了学校。

"她不是圣人，也不是万能的。"我喃喃对小草说。"我们做错了。我们不应该把君贤的事告诉她。"

抚心自问，自己要负上很大的责任。

我本来不用把这件事告诉 Mrs. Special 的。当时，我有七分忧虑，三分私心—— 我把这个惊天大秘密告诉她，其中一个原因竟然是我想跟她分享一个惊天大秘密。可是这个秘密是君贤的，而她仍在剐刀边缘挣扎！

我很羞愧：到底我是个怎样的人？

Mrs. Special 在电邮里说，高考临近，我和小草该把时间和心力专注在学业上，这件事该由成年人处理了。我同意该专心读书了，心底里却不同意该由成年人处理这件事——他们处理不来的，因为问题的症结根本就是成年人造成的。要是从前君贤没有过和家人"隔离"的生活，要是她的小学老师能够多给那些不起眼的同学一点关心，今天便不会有人患抑郁症。

校长知道了自己的学生有情绪问题，责任所在不能不告诉家长，她不知道的是，那个家长比两个只看了她女儿的 blog 的学生更不了解她的女儿，或更不愿意了解自己的女儿。

现在，已没有人能解决这件事。

成长

也许该由 2003 年 3 月 10 日说起。

2003 年的 3 月 10 日，是我中学生涯的最后一日，也是外籍班主任和区区在下的生日，那一天我们带了寿包、叉烧和各种点心回校替他贺寿，还有 MD 机和扩音器播放音乐助庆。前一天晚上，我尝试在网上找寻《友谊万岁》的 MP3，我的 MD 机内已经有《狮子山下》、《红日》等等名曲，都是每次测验或考试前大家在班房里唱破喉咙、"绕梁三日"的战斗歌。年轻人总是喜欢扮老，假装有旧可怀。

但我们从来没有唱过《友谊万岁》，其实我也不知道班里有多少人算是朋友。有些从小就是我的同班同学，有些几年后在街上看见也未必喊得出名字，有些将来准会成为跨国企业总裁、终审法院首席大法官之类的大人物，还有几个永远跟我纠缠不清的死党。

当大家在这个所谓的生日兼惜别派对里玩得兴高采烈时，忽然听到一把意大利男高音慷慨激昂的唱着：

"Should all acquaintance be forgot and never brought to mind?
Should all acquaintance be forgot for Auld Lang Syne. . . "①

我在网上找到的只有那个男高音版本。

记忆中，那天充满了李克勤的歌声、寿包、闪光灯和一张张纪念册。把纪念册交给别人填写后的"追债"过程很悠长，要是对方善忘，物主可能在十年后干得风生水起时也得不到十年前的祝愿。

幸运地，那天我拿回几张，还发现那些不大熟悉我的同学原来真的相信我会有锦绣前程。

---

① "老朋友能够被忘记而且永远不被想起吗？看在昔日美好时光的分上，老朋友能够被忘记吗……"电影《魂断蓝桥》主题曲《友谊地久天长》歌词。

我们真的有一天会成为"somebody"吗？

那一年那一天，我刚刚踏入人生的第十九个年头，我想到这七年来丰盛的生活，那一刹，竟有点站在世界顶峰的感觉。

但下一秒便要跌下去。

当时我不明白自己为什么会有那种感觉。

还记得那个下午，我和好友在放学后逃到又一城的咖啡店，拿着不知是《新 Monday》还是什么八卦杂志，如常兴致勃勃地玩杂志上那些牵涉猫、狗、屎尿屁的无聊 IQ 题，颓废的生活仍然继续……

高考对心理学和英国文学学生来说像马拉松，我们必考的中、英文在三月尾已经考了，其他科目如经济也在四月初考完，心理学和英国文学考试却在五月初，本来这个安排正好让我们有充裕的时间温习。

"Anything can happen to anyone. It is better to be prepared."①

那是我们其中一本课本《微物之神》的主角 Estha 的人生哲学，他以为只要做好准备，灾难便不会来临。他以为只要造好那只木筏，便能逃过戏院色魔的魔掌，找到一片新天地。

结果，事与愿违。

我本来也打算利用那个月好好温习的，却变了和四周的病毒和细菌战斗。

非典型肺炎肆虐的时候正是高考时期，某一天，有轻微发热的我怀疑自己患了 SARS，即使后来医生证实了我没有患病，我仍然忘不了家人那副仿佛面对世界末日的焦虑面容。

也许那时我真的患了什么受创伤后压力症（Post-traumatic disorder），开始无时无刻也觉得自己"不干净"，拼命洗手，渴望替自己消毒。曾几何时，像 Guitar 想起 Divinity 的味道般，我嗅到某种气味甜腻的消毒洗手液，也会难受得想吐。

我的心里充满了恐惧，无论是对病毒的，对考试的，还是对自己的。（关于我这个从没有真的患上非典型肺炎的人"非典型"的恐惧，详见上文"我们的足球赛"。）

我和她一直有用电邮通讯，讨论温习上的疑难，说说生活里的琐事。我偏偏因为不欲破坏自己在她心目中的形象（虽然我在她心目中也许没有什么形象可言），而没有告诉她我可能患上了未经诊断的焦虑症/受创后压力症/

---

① 任何人都可能发生任何事，所以最好做好应付这一切的准备。

思觉失调(因为未经诊断,其实也不肯定那是什么……)

心理学考试后,我的"病"没有好转。在考官吩咐停笔的一刻,我已知道自己的成绩不会高过"丙级"。离开试场后,我总是觉得自己填考试编号填得不清楚,脑海中浮现的"2"字越来越像"5"字,"0"字又好像填成了"6"字(后来当然证实是"幻觉")。我很恐慌,嚷着要向考试局备案,母亲则快要给我逼疯。(结果,我真的在两个月内到考试局备了两次案,不被送进精神病院已是万幸。)

距离英国文学考试还有一个星期。

因为在校内的模拟考试里实在表现得不太好,我曾经以为正式的考试是一个证明自己的机会。(我的语气像个死读书的怪胎书虫吗?也许我本来就是个死读书的怪胎书虫!)

可是在这样的心理状态下,我能够发挥自己的能力吗?

在这阴云密布的时刻,我收到她的电邮:"戴着口罩教书简直要了我的命,更糟糕的是为了空气流通,必须长期敞开窗户,窗外的尘埃、苍蝇、蟑螂和其他各种各样的昆虫全飞进来了,即使不患 SARS 而死,我们早晚也会成为另一种疾病下的亡魂。我现在教的中六生可不像你们以前那么专心,居然在上课时睡觉,她们说开着窗,班房太热才睡着,也许并不是冷气的问题,她们只是不好意思告诉我,她们闷得睡着了……"

我重读四月初时的另一封电邮:"SARS 当然也影响我的日常生活,不过我也渐渐适应戴口罩的生活了。也许口罩真的可以救活我们当中百分之五十的人,余下的就由上苍决定了。我唯一不太喜欢口罩的原因是,现在再没有理由涂口红了,生活少了一点乐趣!(There's no point putting on lipstick, that takes a bit of fun out of my life!)"

我感到自己的脸上露出了微笑。我怎能不笑?在危急存亡之秋,幽默感未必能救命,但起码能叫自己和身边的人好过一点。

然而,那一刻笑了,几天后还是要去"送死"。

那是我最后一科的考试,也是整个高考的最后一科笔试,我们挨了两个多月,对我来说像三年零八个月。全香港好像只有一两个试场,因此我又和同学们重逢了,我们互相鼓励一下——这是我们整个中学生涯里的最后一科考试。

我曾经承诺自己要在这一科为我敬爱的老师取得佳绩。

结果,停笔后,我明白能够及格已算是幸运,甚至以为自己是不会及格的了。

没有像心理学考试那次般大哭大闹,这次考完试回家后,我冷静地(仍然红着眼)说:"我出去一会儿。"

母亲少有的了解我:"去喝酒吗?"

我点了点头,明知母亲的思想保守,认为用喝酒来逃避现实是不可一也不可再的坏行为,可是那一刻的我,像失去了世上一切,没有酒精麻醉自己,不如死掉算了。

"你打算到哪儿喝酒?"

"不知道,酒吧吧……"我茫然。

"这区哪有什么酒吧? 到酒店喝又很贵。"我心中祈求着:放过我一次吧,任由我酒精中毒而死,好不好?

"我到 7-11 买几瓶啤酒喝便好了。"

"我也想喝酒,可是我不想站着喝。"母亲居然说。

我瞪住母亲。

"整天待在家中,好不沉闷,到××酒家好吗?"母亲说出这样的话,未必是因为明白我的痛苦而变得仁慈,或许她也真的想喝点酒,要不是太伤心,我本该觉得那一幕蛮有趣。

于是我们两人到了××酒家,每人叫了三瓶共十元的特价啤酒,母亲又点了一碟烧腩肉、一碟卤水鹅肠来下酒(真像武侠小说里在边城某酒馆来两斤陈年竹叶青、斩一斤牛肉的豪迈浪子)。傍晚六时许,一对各怀心事的母女,在一间街坊酒家"畅饮",我敢打赌,从没有考试失败的学生是这样"劈酒"(借酒消愁)的。那情景诡异得后来父亲来到酒楼跟我们共进晚饭时(那时已是八时多),也瞪目结舌,只懂不作声地扒饭。

我沮丧、绝望、无地自容地对她写了一封电邮,述说自己在考试的表现。一个月后,在另一间酒家里,我把那个下午和母亲大人到街坊酒楼喝特价啤酒、吃肥猪肉的事以闲话家常的方式告诉她,她也忍不住笑了。人生果然充满了荒谬,这个可怕的经历,居然成为我对她说过最真实、最不刻意搞笑而好笑的 gag①。

她的笑容毕竟叫我有点释然。我忽然领悟过来了:

我真是一个白痴。

她的确对我们的成绩有所期望,但要是我真的不幸"肥佬(fail)",不代表我在她心目中是一个不及格的学生,不代表三个月后她便不肯再跟我同台

_____

① 玩笑。

饮茶。

很多年前,我以为输了篮球队赛便是输了队长姐姐(当然,我从未曾把她赢到手中);这么多年后,两个月前,我心底深处还在坚持一个人能否"出人头地"、能否"make a difference"、一个学生在老师心目中的形象等等,完全凭一个"赛果"决定。事实上,这些成成败败,一点儿也不会改变我的生命,一点儿也不会改变我和别人的关系。除了我自己外,没有人在乎,nobody cares!!!

到底我还要跟自己斗到何时?

2003 年 7 月某日,已"拔尖"上了大学的家澄特地陪我回校领取高考成绩表。

中文、英文和经济科的成绩比预期好,我知道凭着那三科大概也能取得自己心仪的科目的入场券了。至于英国文学,像预期一样,只有仅仅合格。

教授"卷二"课程的英国文学老师带着一脸问号走进班房,我早预备好迎接她,可是解释自己怎么滑铁卢仍然是件很尴尬的事。"哎呀,怎么会搞成这个样子呀?"她叫了起来。大姐大,我也不想……"Mrs. Special 知道了也很失望。"我的心头一阵绷紧,你不用告诉我别人的反应吧!"我失手了,当时很紧张……""你一定要申请覆卷(查分)!"可惜的是我心知肚明,及格已算是走运了。

过了不知多久,终于解释完了,我咬咬牙,走下五层楼梯,往教员室去。

这两年来,我花在英国文学上的时间和心血,比花在其他科上的总和还要多。

两年的血与汗。

我觉得早已回本了。

时光倒流到两年前,我陷在另一个泥沼中,心里尽是消极、负面的念头,认为自己在人生的所有范畴也不会有什么成就。因为要在半年内教完三分之二的会考课程,她也没有分享什么人生大道理,但每一课都很充实,每一课都过得很开心,让我有所期待,都有目标努力,那半年的英国文学课在历史洪流中根本微不足道,却是它们叫我站起来的。

于是,我继续选修英国文学,后来还真的喜欢了那些书。

那两年里发生的事,也许比下来几十年的都重要。

也许,我应该珍惜那一刻的感觉,因为我知道升上大学后我会继续当我的考试机器,这辈子里不会再有一科能叫我如此心甘情愿地壮烈牺牲。

我硬着头皮敲门,那扇门依然在,她仍旧在那里开门。

我想向她解释 SARS 时我受了怎样的心理折磨,我想跟她说:"虽然你的学生得了一个很不光彩的 E,你始终是世上最好的老师。"可是我说出口的只有:"嗯、嗯、嗯……"像过去一样,她反过来安慰我,这次倒一点也没有"寸"我,也许害怕我受不住刺激会跳楼吧。别怕,我受得住的,我经历过一天洗一百次手的黑暗日子,已是个很坚强的人了……

两个星期后,我们站在教员室外的同一个地方谈话:

"你有什么打算?"

"我符合入读那间英国大学的资格。"我早已把自己报读了外国大学的事告诉她。"梁老师说香港的大学也应该会录取我,现在要决定到底留在香港,还是到英国去。我比较想出去闯闯,也正好练练英文嘛,你常常批评我的文法……"我微笑着说,隐藏着心底的不安。

我猜想要是香港大学愿意录取我的话,父亲也许不会让我到英国去。那间英国大学是当地著名的学校,但在香港没有多少人认识。

而世人都喜欢名牌。

我和父亲狠狠地吵了一场架。

两个月后,酷热天气警报下,两个穿着整套西装的女孩满头大汗地在港岛区某条斜坡匍匐而行,不时发出呻吟的声音,脸上露出叫人不忍的痛苦神色,仔细看看,便能看见她们的脚跟有一点触目惊心的红色。

"这是我第一次穿着高跟鞋在这么斜的斜坡上行走!"我的朋友埋怨说。

"这是我第一次穿高跟鞋!"我回应道。

好不容易,我们终于到达宿舍面试的地方。一个比我们不过年长一岁的学生像不怀好意地笑着说:"先说说你们会对宿舍有什么贡献……你们有什么特长?"

我想起五年前面对着同一个问题的答案,差点冲口而出说:"我会'扮声'!"结果我说出口的是:

"我在中学时是篮球队队长,曾经在学界戏剧节写剧本……"

时光飞逝,又过了一个月,我千辛万苦地从惨无人道、用尽方法对学生洗脑、逼人每天只睡三小时的大学宿舍迎新营中逃出来,为即将往英国念书的妹妹饯行。

头昏脑胀、神智不清的我和妹妹吃晚饭时,家澄忽然打电话来了:

"你妹妹将乘坐什么航空公司的航机?"

"国泰。"

"噢,我也是。"

我不以为意,继续吃饭。到了机场,目送妹妹入闸后才想起:为什么家澄会乘坐国泰的航机？为什么家澄要乘飞机？

她曾考虑转校到英国，但也曾说过多半不去了。

"八婆！你是不是要去英国？"我打电话给她，劈头一句便问。

这家伙永远都在最后一刻才说真话，在不适当的时候告诉我不适当的消息。

我一直倚赖着的生命导师和朋友都要离我而去了，像第一次穿着高跟鞋上斜路，只觉有点举步维艰。

这些都不是惊天动地的大事，却都是一些我没有预料过的转变。

我想起半年前中学的最后一天。

那时候，我还未经历过真正的生离，还未开始对细菌和病毒有过份的恐惧，还未从一个 Eng Lit Prize holder① 变成一个仅仅合格的人。

总括来说，还未试过对发生在自己身上的事无能为力。

这就是成长吗？

We drank our toast to innocence. We drank a toast to now.

We tried to reach beyond the emptiness.

But neither one knew how.

We drank our toast to innocence. We drank a toast to time.

Reliving in our eloquence.

Another Auld Lang Syne.

—Dan Fogelberg, "Same Old Lang Syne"②

真正的结局

"If you surrendered to the air, you could ride it."—

Toni Morrison, "Song of Solomon"③

"你会被人打死的！"

"你这种人，肯定会被人欺负的！"

四年后，学校附近的某间餐厅内，众人七嘴八舌地讨论着。

---

① 英国文学奖学金的获得者。

② "我们为我们的纯真干杯，我们为此刻共饮。我们试图改变这空虚的生活，但我们却不知如何去改变。我们为我们的纯真干杯，我们为时光共饮。我们重温着过去的美好，那曾经的过去的美好时光。"——Dan Fogelberg 的歌曲《一样的如歌岁月》歌词。

③ "如果你向着空气投降，你就能乘着它翱翔。"——Toni Morrison，《所罗门之歌》

"在 Band 3 学校教书可不是开玩笑的,你有没有看过最近在 Youtube 上广为流传的短片?"几年过去了,面对着小草,我仍在笑着做我最喜欢做的事——煽风点火。"几个学生把阿 Sir 用铁链锁住凌辱一番……"

"我看过了。"小草沮丧地点头。"我要去的就是那间学校。"

我们几乎尖叫起来。

众人不是刚刚毕业,便是快要毕业,都忙着为前途打算,在大学念心理学的小草竟然想当老师。"你想继承 Mrs. Special 的'遗志'吗?""哚!""当老师很不容易的,也许你该问问她的意见……"

第二天,小草打电话给我:"我决定不会接受那份工作了。"

"为什么?"我觉得很奇怪,小草嚷着要尽快找工作,不管干什么,只要能让她累积经验和薪水便符合她的要求。

"我跟她谈了好一会。她说现在教书很辛苦,没有 vision 和 mission①,不要当老师。"

Vision 和 Mission,又是那些很难实践但早已让她植根在我们心中的理想。

同学中有人在中学毕业后往外国升学、有人的真的去念教育文凭/学位准备当教师、邓展文在加拿大一间不错的大学取得文学士学位……四年过去了,那些理念、祝愿、做人的道理仍然影响着我们。

我们和她仍然会用电邮通讯,说说近况,偶尔也会约出来吃顿饭,竟有点像当年那些课堂的延续,只不过虾饺代替了诗词,她继续分享她的人生、教学经验(当然也继续发牢骚),继续提供新鲜隽永的格言和一张张口头课外书 book list。

几个月前,一顿饭造就了一个历史时刻。

这次和她吃饭的旧学生只有我和小草(通常我们会多约些人,好叫她不会怀疑我们仍是死心不息的"粉丝"),小草死缠烂打地求她驾车送我们一程,居然让她得逞。

"一程即是多远?"她用疑惑的眼神看着我们。

"一个街口便行了!"我们齐声叫出来。

"嗱,我过一个街口就放你们下车!"

我们跟着她走到车子前,车身贴着一张我们没见过的麦唛贴纸,除此之外,一切依旧,连挡风玻璃下那张"太阳挡"也没有换过。

---

① vision:眼力,先见之明;mission:使命感。

小草兴奋像快要流出口水来，我的心里却很平静。以前念中学时，我常常和小草幻想登上这架对我们来说像外太空飞船般遥远的私家车。但到了这一刻，我已经无欲无求，心里再没有遗憾。无论有没有坐过她的车，无论我在高考英国文学考试拿的是 A 还是 E，无论她对我们这两个疯狂的 fans 有什么感觉，那两年是始终是我们最好的年代。

其实，回想起来，她不是很了解我的为人。

毕业后，某次我告诉她自己即将参与某奖学金的面试，她提醒我不要在面试时"过度活跃"（她用的词语是"overexcited"），她不知道的是我素来内向，没有什么自信心，在陌生人前害羞得要命，连当年班主任跟母亲谈起本人的升学问题时，也瞪大眼睛不信我会念一个需要在大庭广众前表演 public-speaking① 的科目。

只有面对着她，我才会"overexcited"，才会不顾仪态，才会忘形得手舞足蹈。

还有，我才不会贪玩到那个地步，上课时也抱着加菲猫糖果——它只是道具。

最重要的是，我本来没有勇气，我本来很会计算，要是她从没有出现，也许我绝不会挑选一科只有三百人陪葬的科目。

她不了解我的为人，只是像榨橙汁一样，把我最好的一面挤出来。

那个年头，我心里的热情满溢，每一天都很有朝气，有生以来，我第一次觉得做功课是一种享受，开始明白"将勤补拙"并不丢人。

"你坐在她旁边吧。"小草像从前一般慷慨。

Whatever.

总会有一天，我们不用坐车，不需乘飞船，也能在天空上翱翔。

---

① 公开演讲、做报告。

图书在版编目(CIP)数据

迷恋人间/蓝星人著.—上海:上海人民出版社,2008
ISBN 978-7-208-07918-2

Ⅰ.迷… Ⅱ.蓝… Ⅲ.长篇小说-中国-当代 Ⅳ.
I247.5

中国版本图书馆 CIP 数据核字(2008)第 081611 号

本书原由三联书店(香港)有限公司以书名《迷恋人间》出版,
现经由原出版公司授权上海人民出版社在中国大陆出版发行。

世纪文学出品

策 划 人 邵 敏
责任编辑 丁丽洁
装帧设计 李叶飞
封面摄影 木鸡腿
插页摄影 laihiu

迷恋人间

蓝星人 著

世纪出版集团
上海人民出版社出版
(200001 上海福建中路 193 号 www.ewen.cc)
世纪出版集团发行中心发行
上海锦佳装璜印刷发展公司印刷
开本 890×1240 1/32 印张 4.5 插页 18 字数 142,000
2008 年 10 月第 1 版 2008 年 10 月第 1 次印刷
印数 1—10000
ISBN 978-7-208-07918-2/I·562
定价 20.00 元